老中の深謀

御庭番の二代目5

氷月 葵

時代小説

二見時代小説文庫

目次

老中の深謀——御庭番の二代目5

江戸城概略図

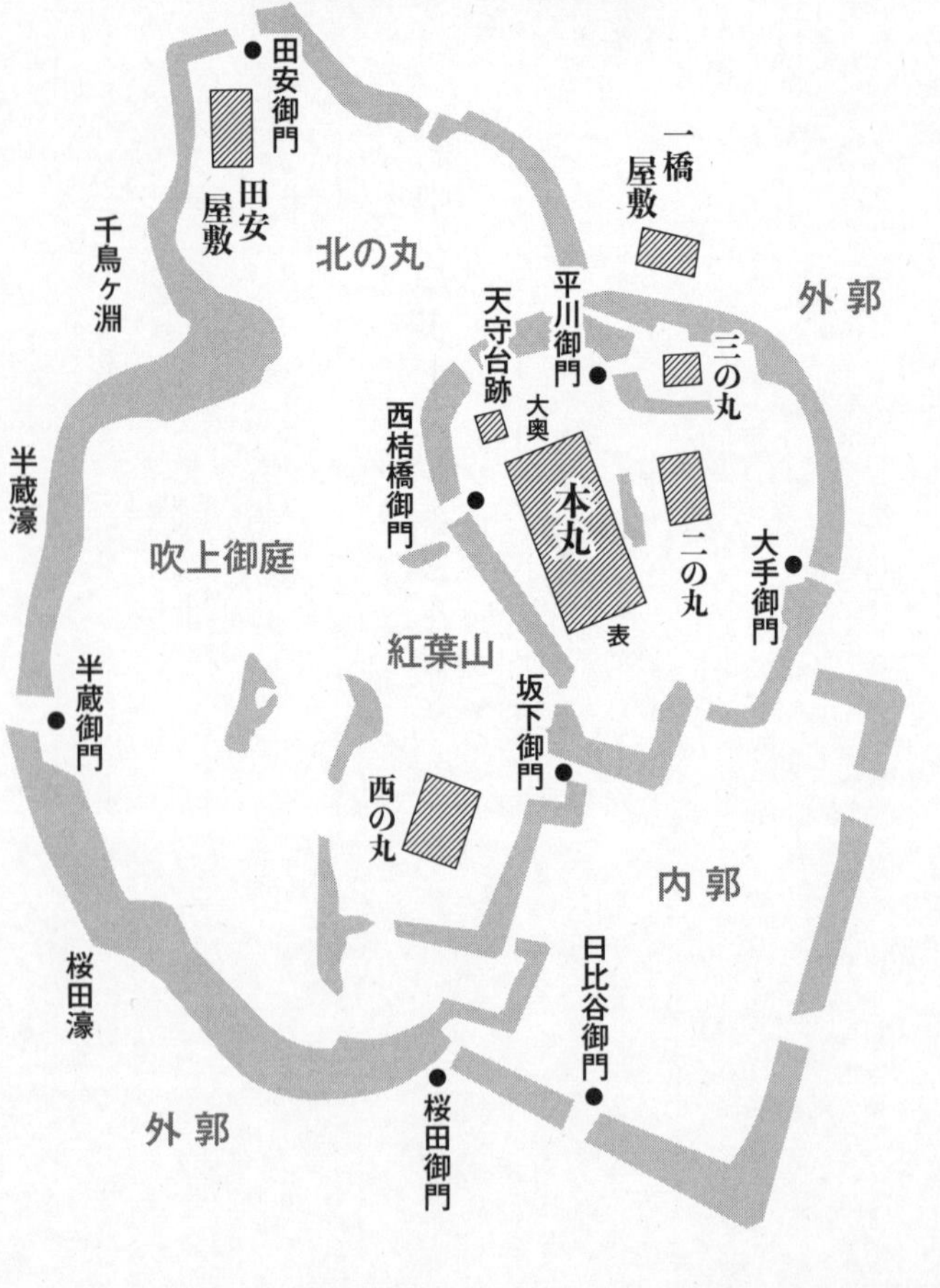
田安御門
田安屋敷
千鳥ヶ淵
北の丸
一橋屋敷
外郭
平川御門
天守台跡
三の丸
大奥
西桔橋御門
本丸
半蔵濠
吹上御庭
二の丸
大手御門
表
紅葉山
半蔵御門
坂下御門
西の丸
内郭
日比谷御門
桜田濠
桜田御門
外郭

第一章　口噤《くちつぐ》み

一

　早朝の風は心地よいが、早足で歩いていると、やはり汗が流れてくる。陽射しは、朝から強い。

　宮地加門《みやぢかもん》は、大伝馬町《おおでんまちょう》の医学所へと向かっていた。講義がはじまる前に、薬草を植えた薬園の手入れを手伝おうと考えたためだ。

　医学所の主《あるじ》である阿部将翁《あべしょうおう》は、高齢のせいだろう、最近は動きが鈍くなっている。

　目の前に見えてきた医学所に足を速めた加門は、ふと、その足運びを緩《ゆる》めた。医学所の入り口横に、誰かがいる。

若い男だ。着古した木綿《もめん》の着物をはしょり、脛《すね》には脚絆《きやはん》を巻いている。足に履《は》いているのは草鞋《わらじ》だ。男は閉められたままの板戸を見上げている。おずおずとして、戸を叩けないままでいるらしい。

御庭番《おにわばん》としての目が、意図《いと》をせぬままに、男を探っていた。

旅の百姓か、具合でも悪くなったのだろうか……。そう思いを巡らせながら、加門は近づいて行く。

男もその気配に気づいて、振り向いた。日に焼けた顔に目が力強い。

加門は相手の不安を消すように、やわらかに言った。

「医者にご用ですか」

「あ、へえ」男は両手を前で重ねる。

「その、連れが怪我をしちまったもんで来やした。ここの先生はいいお人だ、と聞いたもんで」

「怪我……では、連れて来てください。先生は診てくださいますよ」

「いや、それが」男は言いにくそうに、上目《うわめ》になった。

「どうにも、歩けねえもんで、来てもらえねえかと……」

「歩けない……どこにいるんですか」

加門の問いに、男は恐縮したように肩をすくめる。

「へえ、砂村《すなむら》っちゅうとこで」

「砂村……」

砂村は大川《おおかわ》を渡り、深川《ふかがわ》を抜けた先にある。

「ちょっと待っていてください」

加門はそう言い残して、中へと入った。

将翁は長く歩くと足が痛くなると言って、最近は遠方の往診《おうしん》には行かない。育った弟子が何人もいるため、そうした若い医者が出向くことになっている。

「将翁先生」

加門は奥へ向かいながら声を上げた。

「おう、こっちじゃ」

台所から声が返った。

ちょうど朝餉《あさげ》をとったあとらしく、茶を飲みながら加門を見上げた。

「そなたも飯を食え」

「いえ、すませてきました。そうではなく、今、外に人がいて……」

加門は男とのやりとりを話す。

「ふむ、怪我か、なれば、そなたが行ってくれ」

「は、わたしがですか」

加門はいまだ修業中であり、医者としては一人前になっていない。なにしろ、本業は御庭番だ。

「なに、大丈夫だ、怪我ならば手当てをすればよいだけ。それは馴れておろう」

加門はいくどか負った己の怪我を、将翁の助けを得ながら治療してきた。

逡巡《しゅんじゅん》する加門に、将翁は手を振る。

「迷うは時のむだじゃ。さっさと行ってこい」

「はい。では、薬箱をお借りします、あ、あとこれもいいですか」

加門は荷物を整えて往診の用意をすると、外で待つ男の元に戻って行った。


大川を渡りながら、加門は男の横顔を見た。

「名を聞いてもいいですか。わたしは宮地加門といいます」

「あ、へえ、おらは多吉《たきち》といいやす」

「どこから来たんですか、旅のようですが」

加門の問いに、多吉は口をもごもごと動かした。

「へえ、江戸に……田舎《いなか》のほうから来やした」
言いたくないのか……。そう忖度《そんたく》して、加門は問いを重ねることをやめた。そのま
ま、深川の町を通り抜けていく。
町屋の数も減り、道の周りに畑が広がりはじめた。砂村だ。この辺りは野菜を栽培
する畑が多い。鍬《くわ》や鋤《すき》を振るっている百姓の姿が、あちらこちらに見える。
おや、と加門は首を巡らせた。
道の横にある小さな社《やしろ》の杜《もり》で、なにかが動いたのを感じ取ったからだ。が、林の暗
さで見定めることはできない。
「あっこです」
多吉の声に、顔を戻し、指で示された前方を見る。
小さなお堂が建っている。
たどり着くと、そこは阿弥陀堂《あみだどう》だった。寺はなく、畑の中にぽつんと建っている。
「お父っつぁん、医者が来てくれたぞ」
そう言いながら、多吉が格子戸を開ける。中に入ると、三畳ほどの薄暗い内部に人
影があった。一人がうつぶせに寝ており、その傍らに若い男が座っている。
多吉はしゃがみながら、寝ている男にそっと手を添える。

「もう大丈夫だぞ」

男が横向きの顔を上げて、加門を見ると、礼を言うように頷《うなず》いた。

傍らの男は、姿勢を正して、板間に手をつく。

「すいやせん、おらは耕作《こうさく》といいやす。こっちはお父《とう》の宗兵衛《そうべえ》で……助けてやってくだせえ」

加門は、宗兵衛の血で赤くなった肩を覗き込んだ。

「着物を脱がせてください」

へえ、と二人は慌てて着物を脱がせる。

「ああ、そうっと……」

加門は言いながら、顕《あら》わになった傷口を見た。

これは……。明らかに刀傷だ。肩から斬り下ろされたらしいが、途中で止まっている。おそらく背負っていた荷物が、刃をくい止めたのだろう。

「いつ斬られたのです」

加門の問いに、耕作が顔を歪《ゆが》めながら答えた。

「一昨日《おととい》で。江戸に入れば医者がいるべと、歩き続けたんでやすが、動くと傷口が痛いし、ゆんべにはどうにも具合が悪くなっちまって、このお堂で休むことにしましたんで」

「一昨日……」

加門は赤く腫《は》れた傷口に触れる。傷口は熱を持つのが普通だが、周辺も熱い。歩いて傷口がこすれたせいで、さらに熱が高まり、その熱が全身に及んだのだろう。

薬箱から竹筒を取り出すと、中の煎《せん》じ薬《ぐすり》で傷口を拭う。さらにすりつぶした薬草を傷に当て、肩から背中、胸にかけて、晒《さら》しを強く巻いた。

「起きてこれを飲んでください、熱冷ましです」

加門は宗兵衛の上体を起こすと、煎じ薬の入った別の竹筒を差し出した。

「へい」

宗兵衛ははっきりと返事をして、それを飲み干す。

「でえじょうぶか、お父っつぁん」

多吉が下から覗き込んだ。

この二人は兄弟か、きっと耕作が兄だな……。加門は三人を見やった。

「追《お》い剝《は》ぎにでも遭《あ》ったんですか」

街道ではしばしば、旅人を狙った盗人《ぬすっと》が手荒なことをする。匕首《あいくち》で斬りつけられることも珍しいことではない。

加門の問いに、兄弟は目だけを動かして、互いに見合わせた。が、口を開いたのは宗兵衛だった。

「へえ、追い剝ぎに遭ったんでさ。中川《なかがわ》の手前でやられまして、医者もいないような所だったもんで、渡し船に乗って、こっちに来たんでさ」

「そうでしたか、災難でしたね」

加門は頷きながら、懐《ふところ》から竹皮の包みを出した。開いて、中の饅頭《まんじゅう》を差し出す。

「多吉さんが旅姿だったので、飯が気になって持って来たんです。食べてください」

え、と三人は顔を見合わせたが、すぐに多吉が饅頭を摑《つか》み、宗兵衛に渡した。

「お父っつぁん、食べろ」

そう言いつつ、自分の分も取って口に運ぶ。それぞれに饅頭を頰張《ほおば》る三人を見て、加門は頷いた。

「食べれば気血《きけつ》が巡りますから、元気が出ます。宗兵衛さんの傷は化膿《かのう》しかかってますから、町でちゃんと治療したほうがいい」

加門は額から伝い落ちる汗を拭った。暑さは傷を悪化させる。

「立てますか」

へえ、と宗兵衛がゆっくりと立ち上がる。

「さっき飲んだ薬とこの饅頭で、力が出やした」

「ちょっと歩いてみてください。傷口がこすれないようにきつく縛ったので、痛みはずいぶん小さくなったはずです」

へい、と宗兵衛は堂の中を歩く。

「ああ、ほんとだ、前みてえに痛くねえです、これなら歩けやす」

「ほんとかい」

多吉は笑顔になって立ち上がった。

耕作も立って身支度を整える。

「江戸では、行く当てがあるんですか」

加門の問いに、

「いや、どこか旅籠《はたご》に泊まるつもりで来やした」

耕作が答える。

「ああ、ならば馬喰《ばくろ》町《ちょう》の公事《くじ》宿街《やどがい》に、安くて気易い百姓宿がありますから、そこに行くといい。案内しましょう」

加門は先に立って、阿弥陀堂を出た。

「すんません、先生様、助かりやした。薬箱、くだせえ、持ちやす」

多吉が追いついて来て、手にしていた薬箱を奪うように手に取る。
「あ、いや、わたしは先生などではなく、まだ見習いです」
手を振る加門に、多吉は首を振る。
「いんや、立派な先生様だ。おかげで助かったんだから」
「ああ、そんだ、ありがてえ先生様だ」
うしろを歩く宗兵衛が、耕作に背中を支えられながら、声を出す。
先生とは面《おも》はゆいな、と加門はつぶやきつつ、前を見る。と、その顔を強《こわ》ばらせた。
来るときに気にかかった社が見えてきた。
目を凝《こ》らすと、やはり林の中でなにかが動いている。
人だ……。加門は拳《こぶし》に力をこめた。
気を張り巡らせながら、足を進める。三人は加門の変化に気づいていない。
社が近づいた。
林の中の影が動く。
影は道に飛び出して来た。
侍だ。
すでに抜刀している。

加門も瞬時に刀を抜いた。

侍の目は背後の三人を見ている。

刀を右手に、侍が走り込んで来る。

加門はその前に飛び出した。

「どけっ」

侍が怒鳴り、柄《つか》を両手で握った。

加門も正眼《せいがん》に構え、相手を見据えた。

侍は顔は頬がこけているが、目は鋭い。

「やぁっ」

高い声を放って、侍が刀を振り上げた。

加門は身を低くして、横に飛ぶ。

空振りになった侍の脇腹を狙って、加門は峰《みね》で打ち込んだ。が、それを相手が刃で受ける。刀のぶつかり合う重い音が、響いた。

加門はうしろに引き、構え直す。

侍は苛立《いらだ》たしげに、眼《まなこ》を吊り上げ、

「ええい、そなたに用はない、退け」

と、怒鳴りながら、踏み込んできた。

振り下ろされた白刃を加門が下から払う。

刀をくるりと躱《かわ》し、相手の腹に、峰を打ち付けた。

ぐう、と喉《のど》の鳴る音が起き、侍の動きが止まった。が、すぐにその身を立て直し、加門を睨《にら》む。

「邪魔立てをいたすなら、容赦《ようしゃ》はせぬ」

柄を握り直すと、じり、と改めて地面を踏んだ。

加門も息を詰めて、間合いを取る。と、その横を、なにかが飛んで行った。

それは、侍の顔を直撃する。石だ。

うしろから、さらに石が飛んで、相手を狙う。

三人が投げているに違いない。

侍の顔にもう一つ、当たり、額から血が流れる。

「うわあぁー」

背後から、いきなり声が上がった。振り向いた加門が目にしたのは、大口を開けて叫んでいる多吉だった。

侍の動きが止まる。

周りの畑で、人影が動いた。

手を止めて、こちらを見ていたらしい百姓らが多吉の声に動き出したのだ。

「なんだ」

「どうした」

鍬や鋤を手にしたまま、百姓らが近づいて来る。

歩み寄りながら侍を睨みつけ、鍬や鋤を両手で掲げた。

じわじわと迫ってくる百姓衆に、侍は一歩、下がった。もう一歩、下がると、ちっと舌を鳴らして、刀を鞘《さや》に納めた。と、踵《きびす》を返して走り出した。江戸の方向へと、走って行く。

加門はほうと息を吐いて、それを見つめた。

「おい、でえじょうぶか」

鋤を手にした百姓が、三人の前に立つ。

「ああ、すまねえ、でえじょうぶだ」

宗兵衛の声に続いて、多吉が頷く。

「昨日からいろいろと助かった、教えてもらった医学所に行ったら、先生様にも来てもらえたしよ。おかげさまだ」

深々と頭下げる多吉に、百姓の男は白い歯を見せた。

「なあに、百姓は百姓同士だ、こっちも大したことができねえで悪かったな。うちは狭くて、寝かせてやれる場所がねえもんでよ、勘弁してくれ」

「いや、水や粟飯《あわめし》もらって、助かった、すまなかったな」

百姓のやりとりを聞いて、加門はそうだったのか、と皆のたくましい手を見つめた。

しかし、と、刀を納めつつ三人の顔を窺《うかが》う。

侍は明らかにこの三人を狙っていた。おそらく、一昨日、宗兵衛を斬ったのも、あの男なのだろう。が、三人は追い剝ぎにやられたと嘘を吐《つ》いた。なにやら、話せない事情があるのかもしれない……。加門は探索するように三人を見つめた。が、そうした自分に気が付いて、慌ててそれを止めた。

いや、わたしには関わりのないことだ、詮索《せんさく》はすまい……。そう己に言い聞かせて、姿勢を正す。

「では、行きましょう」

江戸への道を指し示して、加門は歩き出した。

翌日。講義が終わったあとで、加門は将翁のいる奥へと行った。奥の部屋には薬棚や薬研《やげん》があり、そこで薬が作られる。加門は薬研で薬草をつぶしている将翁の元に寄って行った。

「先生、薬をいただいてもいいでしょうか」

「ふむ、昨日の患者にか」

はい、と加門は横に座った。

「百姓宿に落ち着いたので、しばらく通《かよ》おうと思っています。手当てが遅れたせいで、膿《うみ》を持ってしまうかもしれないので」

「うむ、暑い時期の傷は油断できぬからな、よいぞ、持って行け」

「ですが、その……」加門は淀《よど》みながら口を開く。

「聞いたところ、宿に泊まるつもりで金子《きんす》は用意してきたものの、それほどは持っていないようなのです。ですから、薬礼はあまりいただけないかと……」

あぁん、と将翁は手を止めて、加門を見る。

「今更、そのようなことを気にするでない。使った薬代だけで充分、いや、金がないならもらわんでもいい」

加門はほっとして、将翁に頷く。それは期待どおりの答えだった。

将翁は貧しい者からは薬礼を取らない。町方や百姓、漁師などにもそれは知れ渡っており、遠くからやって来る患者も多い。砂村でも、それゆえに将翁の名を挙げたに違いない。

「金はある所からいただけばいいんじゃ。たんとある所からない所にまわっていくのが、金の働き甲斐《がい》というものよ」

かかか、と笑う。

「ははは」そこに別の笑いが加わった。

「将翁先生は相変わらずですのう」

その声に振り向いた加門は、目を丸くした。

大きな男が入って来る。つやつやと光る坊主頭に茶色い筒袖《つつそで》姿だ。

加門も背は高いが、その男は身体全体がひとまわり以上、大きい。声も大きく張りがある。が、目尻の皺《しわ》は、それなりに深い。

将翁はその男に手招きをして、加門の横に座るように示した。

「海応《かいおう》、ちょうどよい。そなた、傷に効く薬を調合してくれ」

「傷とは、どげんな傷ですじゃろ」

「あの」加門は顔を向ける。

「金創《きんそう》なのです。刀で斬られた傷で」

「金創か、深いんじゃろうか」

「肩の上はやや深いです。そこから背にかけて浅くなって、荷物に当たったようで、背中の上のほうで止まっています」

　ふうん、と腕を組む海応を、将翁は加門に手で指し示した。

「こやつは海応といってな、長崎《ながさき》にいたときにわしの弟子じゃったんじゃ」

「はい」海応は加門を見る。

「将翁先生には、ごっつう教わりましてのう」

「なに」将翁は手を振る。

「海応はあちこち渡り歩いて来たのでな、わしなどはそのうちの一人に過ぎん」

「いや、将翁先生が一番ですけえ」海応は加門に笑みを向ける。

「じゃけんど、あちこちに行ったせいで言葉がわやくちゃになってしもうたけん、江戸で通じるか心配じゃのう」

　はあ、と加門は改めて海応の姿を見る。海応は医者がよくする僧形《そうぎょう》を取っている。

もともと医者は僧侶が兼ねていたため、医者はその形《なり》をするのが常だ。が、医者の一人後藤艮山《ごとうこんざん》がそれに異を唱え、束髪平服《そくはつへいふく》の姿を取るようになってから、追随《ついずい》する者が次々に現れた。後藤流、艮山流と呼ばれるその姿を取り入れる医者が増え、将翁もその一人となった。ために将翁の医学所では、普通の姿を取っている者が多い。海応の姿はこの医学所では異質だ。

将翁はその海応を指さして、加門に言った。

「これから先、この海応に講義や往診を手伝ってもらうことにした、加門もいろいろと教えてもらうといい」

「え、そうなのですか」

「うむ、わしも年じゃでな、楽がしたい。海応ならば、わしの替わりが務まるゆえ、頼るがいい」

「はい、よろしくお願いいたします」

加門は改めて、海応に礼をする。

「ふうむ、ではさっそく金創か。斬られた者は男か、年はいくつか、どうして斬られたんじゃ、喧嘩か」

「あ、と、男で年は……五十前くらいでしょうか、斬られたのはなにゆえか、それはわかりません、相手は武士です」

「なんじゃ、患者にはいろいろと尋ねるのも診断のうちじゃぞ。相手のいろいろを知れば、より正しい判断ができるのじゃけえ」

「はあ、なにやら事情があるようで、あまり話したがらないのです。立ち入るのも憚《はばか》られる気がしまして」

そう恐縮する加門をかばうように、将翁が手を上げる。

「ああ、立ち入れば厄介事《やっかいごと》に巻き込まれそうだと思うたのであろう。この加門は、中途半端はできない質《たち》なのだ。それに、加門は医者修業のほかに別の修業もあってな、面倒に首を突っ込むわけにはいかんのだ」

将翁は加門が御庭番であることを知っている。

「ふうむ、そうですかい」海応は頷く。

「まあ確かに、患者に事情があるように、医者にも事情はあるもんじゃけえ。ならばわかり申した」

海応は立ち上がって、薬棚に歩み寄った。

「煎じ薬を作るけえ、見とればよか」

「はい」

加門も立ち上がり、生薬《しょうやく》を選ぶ海応の手を見つめた。

二

強い西日が木陰から洩れる坂道を、加門は上った。江戸城本丸へと続く道だ。

医学所の講義は昼で終わるため、午後は三、四日に一度くらいの割合で登城する。といっても、御下命を受けなければ、これといった仕事はない。父の友右衛門《ともえもん》は日々、城に出仕《しゅつし》しているが、いまだ見習い身分の加門は、ときどきの出仕で事は足《た》りている。

今日も午前は医学所に行き、そのあとに宗兵衛の泊まっている宿を訪れ、それから城へと足を向けたのだった。

庭を通って中奥《なかおく》へ抜けると、御庭番の詰所を覗き込んだ。

「おう、加門、来たか」

父がそれに気づいて立ち上がった。上がろうとする加門を手で制し、父は土間に下りて、加門を外へと誘い出した。

「一昨日、意次《おきつぐ》殿が訪ねて来たぞ。なにやら話があるようであったから、あとで西の丸に行ってみるといい」

はい、と加門は背中を押されるままに、本丸をあとにした。

大奥脇の柚木門《ゆずきもん》を抜けて、本丸の端に立つ。そこからは吹上《ふきあげ》の御庭や紅葉山《もみじやま》の緑が一望できる。そしてその左側には、西の丸御殿の連なる屋根が見える。

加門は堀へと続く急勾配《きゅうこうばい》の狐坂《きつねざか》を下りた。本丸を囲む濠《ほり》を西桔橋御門《にしはねばしごもん》で渡れば、西の丸はすぐだ。

西の丸は将軍吉宗《よしむね》の嫡男家重《いえしげ》の暮らす御殿だ。幼馴染《おさなな じ》みの田沼《たぬま》意次は、そこで小姓《こしょう》として務めている。旗本とはいえ小身の家柄ではあるが、意次への家重の信頼は篤《あつ》い。

加門は西の丸の庭へとまわった。

西の丸の造りは本丸に比べればはるかに小さいが、本丸と同じように家臣が執務を行う表、主の暮らしの場である中奥、さらに大奥に分けられている。

人前に出ることを嫌う家重は、あまり表には出ない。家重は顔に麻痺《まひ》があり、言葉が不明瞭《ふめいりょう》なために、多くの者と接することを嫌うからだ。言葉や意思を解することのできる小姓などとともに、中奥にいるのが常だ。田沼意次は、そうした身近に仕える小姓の一人だ。仕えて数年だが、言葉もそれなりに解せるようになっている。

加門は庭から、御殿のようすを窺いながら歩く。御簾《みす》が掛けられた内側はしんと静まりかえっている。

夕刻であるから忙しくはないだろう……。そう考えながら、中奥の戸口に立つ。

ときには家重からのお召しもあり、いくどもここを訪れている加門は、すでに顔なじみだ。番をする家臣は、加門に向かって礼をした。

「田沼意次様はおられましょうか」

加門の言葉にすぐに使いが立てられ、足音が奥へと消えて行った。

足音は二つになって戻って来た。

「おう、加門、来てくれたか」

現れた意次は、そのまま土間へと下りて来て、外に出る。

「中は暑いからな、庭に行こう」

ああ、と歩き出しながら、加門は御殿を振り返る。

「出て来てよいのか、家重様は……」

「ああ、大丈夫だ。家重様はご気分がすぐれぬと仰《おお》せで、大奥で休まれておられる。あそこに行こう」

意次は松の木陰を指さす。池の畔《ほとり》で、座りよさそうな石もある。

そこに並んで腰を下ろすと、意次はしばし池の水面《みなも》を見つめた。口を開きそうに見えて、また噤《つぐ》む。

「なんだ、話があったのではないのか」

加門の催促に、意次は顔を巡らせた。

「実はな、妻を娶《めと》ることになったのだ」

え、と声に出したつもりが、出ていないことに気づき、加門は咳払《せきばら》いをする。

「そ、そうなのか、妻か……それはめでたいではないか」

笑みを作る加門に、意次は口を曲げた。

「ううむ、そうなのだがな、ちと不安もあるのだ。女《おなご》は難しそうでな」

その神妙な顔に、加門は笑いを吹き出した。

「なんだ、その顔は。相手はそれほど手の焼けそうな娘御なのか」

「いや、まだ会っておらん。話がきて、断ることもできぬから決まった、というような段階だ」

「どこの娘御だ」

「旗本の伊丹家《いたみけ》の娘御だ。大身ではないし、家柄は釣り合いがとれているからよいのだがな」

ふうむ、と加門は微笑《ほほえ》む。

「まだ、会っていないのであれば、期待できるではないか。美しい娘かもしれぬぞ」

「美しい、か。妻にするならば、わたしは美しいよりも賢い女のほうがよいのだがな。跡継ぎを育てるのが一義なのだから、聡明《そうめい》でなければ困る」

「うむ、それはそうか。賢い女だとよいな」

加門は頷きながらも、喉に手を当てた。ひりひりとする喉に、唾を呑み込む。

「そなたはどうなのだ」

覗き込む意次に、加門は顔を引く。

「なにがだ」

「妻だ。まだ、話はないのか。わたしもそなたも長男なのだから、跡継ぎをもうけねばならぬは同じ。いわば、妻を娶るのは務めのようなものではないか」

「まあ、それはそうだが、わたしはいまだ見習いの身だからな、妻などは持てん」

「いつまで見習いを続けるのだ、もう我らは二十三だぞ」

「ああ、それは周りからも言われておるのだがな、父はまだ隠居をしたくないと言い張っているし、わたしもまだ医学修業がすんでいない身、当分はこのままでよいと思っている」

「ううむ、まあ、そなたの医学修業は家重様の命《めい》だからな、確かに、町暮らしのほうが都合がよいであろうが」

腕を組む意次に、加門は頷く。

「ああ、それに、町にいたほうがいろいろな探索がしやすい。御庭番はもともと町暮らしをする家もあるのだ。町にいたほうが世のこともわかって仕事の役にも立つしな。まあ、それもあって、妻などは遠い話だ」

ふうむ、と腕をほどく意次の肘《ひじ》を、加門は己の肘で突く。

「なんだ、降ってきた話に尻込みをするなど、そなたらしくないぞ」

「まあ、な。しかし、この縁談はあからさまで、ちといやな気になるのだ」

「あからさまとは、どういうことだ」

「実はな」意次が身体を斜めにして加門に身を寄せる。

「竹千代《たけちよ》様が元服なさることが決まったのだ」

家重の長男である竹千代は、吉宗《よしむね》が養育すると言い出したため、西の丸から移って本丸で暮らしている。

「元服」加門の声が頭から抜ける。

「竹千代様はまだ五歳であろう」

ああ、と意次の眉が寄る。

「そうなのだ、元服は十五歳が普通、あまりにも早いので皆、驚いたのだが、上様がお決めになられたことゆえ、準備をはじめているのだ」

「いつ、なさるのだ」

「まだ日は決まっていないが、八月にはされるらしい」

「八月とは、来月ではないか」

「そうなのだ」

意次の頷きに、加門ははたと目を見開いた。

「なるほど、竹千代様の元服は、家重様を遠くない将来に将軍の座に就《つ》ける、という上様の御意向を示すものかもしれないな。家重様の跡継ぎに官位を授け、揺るぎない地位を固めておけば、なにがあっても安心だ」

「うむ、おそらく上様のお考えはその辺りにあると思う」

「となれば」加門は手を打つ。

「田沼意次は将軍の近習《きんじゅう》となるわけだから、大出世だ。それを見込んで婚姻話《こんいんばなし》が持ち込まれたというわけか」

ああ、と意次が眉を寄せる。

「おそらくそんなところだろう。武家の婚姻など、そうしたものとはわかっているが、いざ、自分の身になると、あまり気持ちのよいものではないな」

ふう、と息を吐く意次の横顔を、加門は見つめた。

「まあ、だが、よい嫁御かもかもしれんぞ。めでたいのは確かではないか」

そう言いつつ、加門は本丸を仰いだ。

西の丸にいた頃の竹千代はいくども見かけたが、本丸に移ってからは、姿を見る機会もない。

「竹千代様もお健《すこ》やかに育っておられるということであろう、それもめでたいことだ。まあ、まさか五歳で元服されるとは思わなかったがな」

「ああ、そこよ」意次は気を取り直したように、顔を上げた。

「上様の御意向はわかるが、五歳はいくらなんでも早すぎる気がする。なぜ、今、急に元服させる気になられたのか、それが気にかかるのだ。家重様も、腑《ふ》に落ちないごようすでな」

ふうむ、と口を歪める加門に、意次が言葉を続ける。

「なにか裏があるのではないか、と案じておられるようだ。最近は田安家《たやすけ》も一橋家《ひとつばしけ》も静かで、動きのないのが却《かえ》って気にかかる。竹千代様の元服を知れば、またぞろ動き出すのではないか、と懸念しておるのだ」

「なるほど……」

本丸を仰いでいた顔を戻し、加門は池の面を見つめた。が、その目が西の丸御殿に引っ張られた。大奥の廊下に掛けられた御簾が揺れている。

「おい、人が動いているようだぞ。家重様が戻られるのではないか」

その言葉に、意次は跳ねるように立ち上がった。

「そうかもしれぬ、では、戻る」

ああ、と加門も続いて、立ち上がる。

意次は小走りに御殿に向かいながら、振り返った。

「またな」

「ああ」

手を上げる加門に頷いて、意次は中奥へと走っていた。

「妻か……」

加門は小さくなっていく背中を見送りながら、独りごちた。

妻を得れば、もううちには来られなくなるのだろうな、湯屋《ゆうや》に行ったり、旨《うま》い物を食いに行くのもだめだろうな……。

そう口中《こうちゅう》でつぶやいていることにはっと気づいて、加門は背筋を伸ばした。両手で頬をぴしゃりと叩く。

「子供のようなことを考えるでない、めでたいことだ」

と、今度は声に出して、くるりと踵を返した。

来た道を戻りはじめて、西の丸を出た。が、濠を渡ろうとした足を止めて、そのまま濠沿い歩き出した。

本丸の北側には北の丸がある。

そこに田安屋敷がある。

田安御門の内側に建てられたために、通称で田安家とも呼ばれているが、吉宗の次男であり、家重の弟である徳川宗武《むねたけ》の屋敷だ。

宗武は吉宗によって、将軍の家臣という位置に据えられた。このままいけば、やがて家重の家臣となる。

だが、その位置づけを逆転させよう、という思惑が動いたことがあった。

〈家重様を廃嫡《はいちゃく》して、宗武様を世子とされるがよろしいと存じます〉

そう公言した人物がいたからだ。当時、老中であった松平乗邑《まつだいらのりさと》だった。

その意に乗り、誰よりもその気になったのは宗武本人だった。宗武は幼い頃から英明、才気煥発《さいきかんぱつ》と周囲の評判も高い。比べて、家重は言葉の不明瞭さゆえに、暗愚《あんぐ》と誤解されている。周囲にも、乗邑の提言を支持する者が出はじめたのだ。

しかし、吉宗はそれを却下した。長男に将軍を継がせる、という家康《いえやす》の取り決めを尊重したのだ。家重に嫡男竹千代が生まれ、聡明であるとわかったことも判断を後押しする形になった。

吉宗の決断により、乗邑の意見は表面上消えたが、宗武が納得していないことは明らかだった。弟の宗尹《むねただ》も宗武を支持しており、家重廃嫡の気運が、未だ陰に流れていることは察せられた。

加門は北の丸の木陰に立った。

北の丸は広い。

だが、城の中枢である本丸や西の丸、二の丸と比べると、その様相は大きく異なっている。木々が茂り、行き交う人も少ない。本丸や西の丸が御殿と呼ばれるのに比して、田安家はあくまで屋敷だ。

木立のあいだから屋敷のようすを窺いながら、加門は腕を組んだ。

松平乗邑は、そうしたいきさつがあったにもかかわらず、吉宗の信を失っていない。その後、老中首座に抜擢《ばってき》され、財務を取り仕切る勝手掛《かってがかり》にも任命された。吉宗が高齢になりつつある今、御政道の舵《かじ》を取っているのは乗邑だ。

二年前の元文《げんぶん》四年（一七三九）には、隠居させた尾張藩主《おわりはんしゅ》徳川宗春《むねはる》の後釜に、宗武を就《つ》けようと画策したこともあった。藩内の反対によりそれは叶《かな》わなかったが、乗邑は宗武への執着を捨て切れていないらしい。

加門は木立から出て、そっと屋敷に近づいた。

暑さゆえに、やはりすべての障子が開けられ、御簾が掛けられている。

御簾越しに、人が通るのも見えた。

加門は慌てて身を引く。宗武には顔を知られているため、見られたくない。

再び木立から窺う。と、玄関に人が向かうのが見えた。武士ではない。目を凝らすと墨色の法衣に錦の袈裟《けさ》を着けた僧侶であることがわかった。

なんだ、法事でもするのか……。加門は首を伸ばす。が、すぐにそれを引っ込めた。

廊下の御簾が巻き上げられていく。

宗武の姿が奥に見えた。

加門はその場を離れ、本丸への道を歩き出した。

三

医学所の朝。

弟子達が席に着くと、すぐに将翁がもう一人を伴って入って来た。突然現れた大きな男に、皆がしんと静まりかえる。

「これは海応先生じゃ。これから講義や治療を手伝ってもらうことにしたので、皆もよく教えてもらうがよい」

将翁の言葉に、海応は弟子達を見まわしてにっと笑った。

「わしゃあ、江戸は初めてじゃけん、江戸言葉もよう使えん。言うてることがわからなんだら、遠慮のう言うてくれ」

黙って頷く皆に、海応はさらに笑みを広げた。

「わしゃ、安芸《あき》の生まれでな、知っとろうか、安芸の宮島《みやじま》は」

「平清盛《たいらのきよもり》が神社を建てた島だ」

誰かのつぶやきに、海応が頷く。

「そうよ、さすが将翁先生の弟子じゃな。わしはそっから船で長崎に行ってな、将翁先生に学んだんじゃ。それから安芸に戻って医者をして、また船に乗って大坂《おおさか》や京、尾張にも行った。それでまた安芸に戻ってな、医学所を作ってしばらくおったんじゃが、弟子が育ったんで、こうして江戸にやって来たというわけじゃ」

そうか、と加門は納得する。だから、あちこちの言葉が混じっているのだな……。

「おもしろいお方だな」

隣に座る浦野正吾《うらのしょうご》が、横目で加門に笑う。

「さて」将翁は海応見た。

「今日は初日だから、そなたの話したいことを話せばよい」

「そうですかい」海応はしばし口をとがらせ、それを開いた。

「そいじゃ、わしの若い頃のしくじりでも話そうかのう。長崎から安芸に戻って医者をはじめたんだがのう、まあ、その頃は失敗ばかりじゃった。じゃが、失敗ちゅうもんは学びになる。いや、学ばんかったら、患者に申し訳ない。多くのことを学んだわけじゃが、そのうちの一つを話そうかのう」

出て行くかに見えた将翁は、興味深そうに足を止め、腰を下ろした。

「わしのとこに来た患者で、労咳《ろうがい》（結核）を病んだ男がおったんじゃ。まだ若くて、こんまい子が三人おってな、嫁はおろおろしとった。けんど、知っておるじゃろうが、労咳は厳しい病じゃ。そん患者はそれでも頑張《がんば》ってな、子を残して死ぬわけにはいかんちゅうて、薬もせっせと服《の》みよった。けど、やっぱり労咳は手強《てごわ》い。そのうちに血を吐くようになったんじゃ」

海応は眉を寄せて、下目になる。

「これはもういかん、とわしは思うてな、そん患者と嫁に、ここまでなったらもう長くは保《も》たん、と告げたんじゃ。労咳は薬が効かん病じゃけえしょうがない、とな。そんときは、言うたほうが覚悟できてよかろうと思うたんじゃ。が、したらそん患者は、急激に悪くなって三日後に亡《の》うなってしもうた」

静かに聞いていた皆の喉から、唾を呑み込む音が洩れた。

「わしゃあな」海応が目を上げる。

「そんときにわかった。心と身体は一体だ、とな。学んだつもりでおったことが、腹の底に落ちたということよ。気持ちが望みを失えば、たちまちに身体も力を失う。気持ちが基《もとい》で、身体を支えてるんじゃ、それがようわかった」

海応は再び眉を寄せた。

「それにな、わしはうかつに言った言葉を悔いた。なんであんなことを言うてしまったんじゃろう、とな。で、ずいぶん考えてな、あれはいいわけじゃったとわかった。

患者が死ぬのはわしのせいではない、と言いたかったんじゃ。己の身を守ろうとしておったのに、気がついたというわけよ」

海応は目を見開いて、皆を見渡す。

「わしのしくじりを覚えちょってくれ。医者が守らねばならんのは患者だ。己を守ろうとしてはいかんのじゃ。逃げ場を作ってはいかん、言い訳を考えれば、それが逃げ口になるんじゃ」

皆が黙って頷く。と、その中で一人が手を上げた。

「ですが、いいわけにも理《ことわり》があるのではないでしょうか」

ふうむ、と海応がそちらを向く。

「そうじゃのう、己の立場や考えを説明するのもときには大事じゃけえのう。したが、それは言い訳ではないな、釈明じゃ。言い訳は己を守るもの、釈明は相手を説得するものよ。その違いがむずかしいということなんじゃ」

手を下げた者が頷く。

「まずいな」正吾がつぶやく。

「わたしは子供の頃、言い訳ばかりするな、とよく叱られたぞ」

その真剣な顔に、加門は思わず吹き出しそうになる。

「いや、みんなそうだと思うぞ」

加門は子供の自分を思い出しながら、苦笑した。

医学所から馬喰町《ばくろちょう》にまわった加門は、公事宿街の道に入った。その一画にあるのが、百姓を泊める何軒かの百姓宿だ。ここには、訴えや仲裁を望む百姓が集まってくる。すぐ近くに郡代屋敷《ぐんだいやしき》があるためだ。

加門は宗兵衛ら三人を案内した亀田屋《かめだや》の戸をくぐる。

「ああ、これは先生、ご苦労なことですな」

宿の主が気づいて、会釈《えしゃく》をする。多吉らが加門を先生と呼ぶために、主もそう呼ぶようになっていた。

「ところで」主がそっと寄って来た。

「あの宗兵衛さんは大丈夫なんでしょうな。うちで死ぬようなことがあっては、その、なにかとなになものですから」

「ああ、はい。大丈夫です。ただの怪我ですから」

加門は笑みを返して廊下を歩き出す。宗兵衛らの部屋は一番奥だ。

途中の板間では、にぎやかな話し声が上がっている。聞き覚えのある声にそちらを向くと、耕作が人の輪に混じっていた。百姓衆の話を聞いているらしい。

郡代屋敷を目指してくるのは、直領《じきりょう》の百姓衆だ。徳川家の土地である直領では、代官として幕臣が派遣され、支配する。そこで問題や厄介事《やっかいごと》が起きたときには、代官を管理する郡代屋敷に出向くことになるのだ。

奥の部屋に着き、

「宗兵衛さん、開けますよ」

と加門は、襖《ふすま》に手をかけた。

入って行く加門を見上げて、宗兵衛が布団から身を起こす。が、いつもいる多吉の姿がない。

「多吉さんは出かけたんですか」

「へい、湯屋に行ったんですが、そのあと、町をほっつき歩いてるんでやしょう。なにを見ても珍しくてしょうがねえらしくて……」

「しかし、あの侍が……」

見つかればまた襲われるのではないか、と顔を歪める加門に、宗兵衛はすまなそうに肩をすくめた。

「へえ、あんまし出歩くなって言ってるんですが、どうにもあいつは親の言うこときかねえ野郎で……」

深くは関わるまい、と思っていた加門だが、つい口が開く。

「あの侍は誰だかわかっているんですか」

ああ、それは、と宗兵衛は口をもごもごと動かして、顔をそむける。

言いたくないのだな、と察して加門も口を閉じた。

薬箱を開けると、竹筒に入れた煎じ薬とすりつぶした薬草を取り出した。

「晒しを取り替えましょう」

そう手を伸ばしたときに、耕作が飛び込んできた。

「ああ、おらがやります」

駆け寄って来て、父親の着物を脱がせながら、加門に頭を下げた。

「すいやせん、先生が来たのはわかったのに、みんなの話に夢中になっちまって」

「いや、いいんですよ」加門は微笑む。

「ほかの百姓衆の話はためになりますか」

「へえ、そりゃもう」耕作は晒しをほどきながら頷く。

「将軍様の直領なら楽なんじゃねえかと思ってたんだけんど、そんなこたぁねえんだってわかりやした。百姓はきっとどこでも同じようなもんなんでしょう」

「そうなのか」

父の問いに息子が頷く。

「ああ、どっこも年貢《ねんぐ》の取り立ては厳しいし、悪い代官だと、村の娘らに手え出して弄《もてあそ》ぶってえ話だ」

「なんだと、ひでえ話だ、人をなんだと思ってる」

「だからよ、人だと思ってねえってこったよ」

薬の用意をしながら、加門は親子のやりとりを聞いていた。

直領なら、ということは、この親子はどこかの藩から来た、ということだな……。

そう考えを巡らせる。

吉宗が将軍の座についてから、厳しい財政を立て直すために、さまざまな政策が実行されてきた。年貢の高は上げられ、とりたては厳しくなり、追い詰められた百姓衆が起こす一揆《いっき》も珍しくなくなっている。

まさか逃散《ちょうさん》ではないだろうな……。加門ははっと思い至って、顔を上げた。

困窮した百姓が土地を捨てて逃げる逃散も、至る所で起きている。逃散は御法度《ごはっと》だ。

加門は晒しを広げながら、何気なさを装って問いかけた。

「宿帳は書きましたか。旅手形を見せろとか、宿はいろいろとうるさいでしょう」

逃散ならば旅手形はない。

宗兵衛は頷く。

「へえ、おらは手がうまく使えねえから、多吉がみんなの分を書きやした。手形も見せろと言われたんで、見せやした」

「そうですか」

加門はほっとして、微笑んだ。

手形を持っているのなら、逃げ出したわけではない。

「さ、薬を張り替えます」

金創に効く弟切草《おとぎりそう》の煎じ薬を布に染み込ませ、傷口に当てる。と、その指をそっと傷に当てた。まだ赤く、熱を持っている。

「まだ痛いですか」

「あ、へい、少し……」

宗兵衛の顔が歪む。

加門は慎重に当て布を置いた。

四

いつものように医学所から帰ると、家の戸が開いていた。窓も大きく開け放たれている。

「意次か」

土間に入りながら、声をかけると、

「おう」

という声とともに、意次が奥から現れた。加門がいないときには、いつも勝手に上がり込んで待っている。

「このあいだは大丈夫だったか。家重様に叱られたりしなかったか」

加門の問いに、意次は笑う。

「ああ、あれは家重様が戻られたのではなかった。慌てなければ、もっと話ができたのにな」

そうか、と向き合う加門は、意次の顔を覗き込んだ。

「どうした、浮かない顔だな」

「ああ、実はな……」意次は端正な顔を歪めて首を振る。

「あの次の日、西の丸の大奥で厄介なことが起きたのだ」

「大奥で」

そう返すと加門は慌てて声を抑え、同時に上を指さした。

「二階に行こう」

家は職人の多い町屋の一軒屋だ。どの家も戸や窓を開け放しているため、声が筒抜けになる。

二階に上がると、二人は胡座《あぐら》で向かい合った。

意次は思い出したように、手にしていた包みを前に置いた。

「まあ、食おう、菓子を持ってきた」

ああ、と加門も茶碗に土瓶《どびん》から水を注ぐ。意次はそれを受け取って口を潤《うるお》すと、加門の耳元でささやいた。

「そなた、小菅御殿《こすげごてん》で会った女人《にょにん》を覚えているか」

「小菅御殿の女人……」

加門は記憶を探る。

小菅御殿といえば、五年前のことだ。

鷹狩りに行った家重が体調を崩し、小菅御殿で逗留《とうりゅう》することになったが、病状が回復しない。ために、ようすを確かめよ、と吉宗から差し向けられたのが加門だった。

「ああ、家重様のお世話をするために差し向けられた娘がいたな。お逸《いつ》という名だったか。ご寵愛《ちょうあい》を受けたのだったたな」

「ああ、そうだ、さすが御庭番、覚えがいいな。そのお逸様がな、実はあのあと大奥に上がっていたのだ」

「大奥に」

「うむ、わたしも最近になって知ったのだ。なにしろ大奥には入れぬからな」

「それはそうだな。奥女中として上がってしまえば、我らにはわからんな」

ああ、と意次は寒天《かんてん》で固められた菓子を口に運んだ。

「あの頃はお幸《こう》の方《かた》様が懐妊中であっただろう。ゆえに、家重様は遠慮をなさっていたらしい」

「そうか、新しい側室などを召されたら、お幸の方様は気を悪くされて、お身体に障《さわ》ったであろうな」

「そういうことだ。そのあとは竹千代様がお生まれになったから、そのまま遠慮が続いたのだと思う。家重様は思いやり深いお方だから、お幸の方様を傷つけるようなことは避けたかったのであろう」

「なるほど、それは合点《がてん》がゆくな」

加門も菓子を頬張ると、意次はこっくりと頷く。

「竹千代様が本丸に移られたあとは、お幸の方様をずいぶんと気遣っておられた。が、去年辺りから、お幸の方様もだいぶ落ち着いてこられたのだ」

「ために、遠慮も終わった、ということか」

目を眇《すが》める加門に、意次が溜息を吐《つ》いた。

「はじめは密かにお召しになっていたらしい。しかし、口に戸は立てられん、ましては大小の噂が飛び交う大奥だ。お逸の方が家重様の御寵愛を受けている、とお幸の方様の耳に届いたのだろう」

「それで、どうした……」

「ああ、それでな……お幸の方様は、家重様の寝間に飛び込んだのだ」

「寝間に……」

「うむ、お逸の方が召されていると知って、気が昂《たか》ぶったらしい」

ええっ、と加門は口を開いた。

「そ、それは、お逸の方とともにいる寝間に入った、ということか」

意次は眉を寄せ、黙って頷く。

絶句する加門に、意次が溜息混じりで言葉を洩らした。

「もちろん、わたしが大奥でその場を見たわけではない。噂として流れてきたので、あとで奥女中に確かめたのだ。お幸の方様に踏み込まれた家重様は、激怒されたということだ」

「そ、それは……そうであろうな……」

開いた口が閉じない加門を、意次が上目で見る。

「恐ろしい話であろう。お幸の方様の御気性は知っていたが、まさかそこまでなさるとはな……女《おなご》のやきもちというのはかくも激しいものかと……わたしは怖《お》じ気《け》たぞ」

そうか、と加門は腑に落ちた。

妻を娶ることになった意次にとって、この騒ぎは他人事《ひとごと》ではないのだろう。女人と縁のなかった者にとっては、女の激しさを知る機となったに違いない。

加門は菓子を口に運びながら、意次を見つめた。その眉間《みけん》の皺を見ていると、思わず口元が弛みそうになる。それを慌てて引き締めると、加門は言った。

「女が皆、そうとは限らないであろうよ。案ずることはあるまい、そなたの妻女となるのは、きっとよい女だ」

「そうだろうか」

深まる眉間の皺に、加門は笑みを抑えきれなくなった。意次の女人への懸念が、なぜか頰を弛ませてしまう。が、それを咳払いで消した。

「そうに決まっているさ」

むう、と意次はもう一つの菓子を手に取ると、透き通った寒天の中を泳ぐ金魚の細工を見つめた。

「面倒なものだな、家を保つというのは」

「そうだな」加門は菓子を嚙《かじ》る。

「だが、それも武家の仕事のうち。務めと思ってこなすしかあるまい」

「務めか」

そう言いながら菓子を頰張る意次に、加門は「ああ」と微笑んだ。と、その耳が、外へと向いた。声が聞こえる。

「宮地加門殿、おられますか」

抑えた声で呼びかけているのが聞き取れた。

意次と加門が目を合わせた。

聞き慣れた声だ。

「西の丸の小姓見習いではないか」

加門の声に意次が頷く。

「ああ、小西源之丞《こにしげんのじょう》の声だ。」

「いや、前にいくども来ているぞ。なぜ、来たのだ」

「そうだ、しかし今日は命じてないぞ」

意次は下から見えないにもかかわらず、身を低くする。

「まさか、そなた」加門は意次に詰め寄る。

「抜け出してきたのではあるまいな」

「まさか。今日は宿直《とのい》明けだ。もっとも……」意次の顔が歪む。

「屋敷に戻ると言って下城したのだが」

「では、今は行方知れずになっているわけか」

二人の顔が向かい合って、唾を呑み込む。

「いや、こんなことは毎回している」

意次の言葉に、加門は頷いて立ち上がった。

「そうだな、今日に限って……ちょっと行って来るから、ここで待っていろ」

加門は階段を下りていく。

土間に立ち、中を見回していた源之丞は、下りてきた加門に気づいて笑顔になった。

「ああ、おられたのですね、よかった」

「上にいたのだ、すまん」努《つと》めて穏やかな笑みで、加門は向き合う。

「して、なにか」

「はい、大納言《だいなごん》様の命《めい》を受けて参りました」

小西源之丞は姿勢を正す。大納言様とは家重のことだ。

「西の丸に登城するように、とのことでございます。明日の未《み》の刻（午後二時）ということです。ご都合はいかがでしょうか」

「大納言様のお召しということか」

「はい」

「あいわかった、参上いたします、とお伝えくだされ」

「かしこまりました」

源之丞はきちんと頭を下げると、外へと出て行った。

それを見送って二階に戻ると、意次が階段の際《きわ》で待ち構えていた。

「聞こえたぞ、家重様からお呼び出しか」

「ああ、そういうことだ」

「そなたに用があるときには、いつもわたしに命じるのだがな、なにか起きたのだろうか」

意次の顔が曇るのを見て、加門は首を振った。

「いや、差し迫ったようすはなかったぞ」

「しかし、わたしを飛ばしてそなたに使いを寄こすとは……もしや、わたしがなにかお気に染まぬことでもしたのだろうか。お城に戻ったほうがよいかもしれぬ」

腰を浮かせる意次の袖を、加門は引っ張る。

「落ち着け、宿直は無事に務めて下がってきたのであろう、気のまわしすぎだ」

加門は失笑しながら、

「まったく、普段は冷静なのに、家重様のこととなると、己を忘れるな」

と、意次を見据える。

う、と唸って腰を下ろすと、意次は息を吐いた。

「そうだな、そなたになにか用ができても不思議はない」

「そうさ、明日になればわかることだ。いずれわかることをうだうだと考えるのは、心配の無駄使いだ」

加門の笑みに、意次も頰を弛《ゆる》める。

「明日はわたしも同席できるだろうしな」

「そうだろう、すべては明日だ。しかし、明日か……身支度を整えねばな」

ふむ、と意次は笑みを作る。

「とりあえず、湯屋に行くか」

「そうだな、汗臭い身で参るわけにはいかんからな、念入りに洗っておこう」

二人の顔が頷き合う。

手拭いを手にすると、二人は勢いよく階段を下りて行った。


翌日。

西の丸に上がった加門は、中奥の一室に通された。家重に目通りするときに、しばしば使われる小さな部屋だ。ここを使うときには、小姓の意次と小姓頭の大岡忠光《おおおかただみつ》しか同席しない。

低頭する加門に、家重は口を開く。

「よ……、お、てを……げよ」

口元に麻痺のある家重は、なめらかな発語ができない。が、加門はすでに馴れ、面《おもて》を上げよ、と言われたことを解して顔を上げた。

家重の斜め横に控えた大岡忠光は、家重の言葉を伝えようとしていたが、加門の対応にそれをやめた。

忠光は家重が十歳だった頃から仕え、たゆまぬ努力で不明瞭と言われる言葉を解せるようになっていた。家重の意思を正しく伝えられる第一の家臣といわれている。が、それを笠に威張ることもなく、出過ぎることもしない。

忠光が加門に向かって口を開く。

「わたしは昨日、大納言様より御意向を伺《うかが》ったので、わたしから伝える」

「はっ」

かしこまる加門につられるように、あいだに座っている意次も姿勢を正した。忠光は咳払いを一つすると、

「そなた、小菅御殿《こすげごてん》にあがっていたお逸《いつ》の方《かた》を覚えているか」

抑えた声で問う。

意次に聞いたとは言えず、加門は、

「はい」

と、頷く。

「そうか、実はお逸の方は今、大奥に上がられておるのだがな、このたび、宿下《やどさ》がり

をさせることになったのだ」

「宿下がりですか」

意次の問いに、忠光は片目を細めてみせる。

「というのは、表向きでな、芝増上寺《しばぞうじょうじ》の子院《しいん》の一つに、しばらく移すことにしたのだ。お幸の方様がなにかとおっしゃるのでな、しばし離れたほうがよかろうと、判断したわけだ」

騒動をすでに知っていることはおくびにも出さず、加門は黙って神妙に頷いた。忠光も神妙な面持ちになる。

「それとだな、実はこの先がそなたを呼んだ一番の理由だ」

は、と加門はさらに背筋を伸ばし、意次も思わず忠光の顔を見た。

忠光の声が、さらに小さくなった。

「お逸の方は懐妊されておるかもしれんのだ」

懐妊、と小声でつぶやく加門に、忠光は頷いた。

「うむ、これはご当人がおっしゃったことでな、まだはっきりとはわからん。だが、仮にそれが本当だとしても、今はまだ伏せておきたいのだ」

加門はちらりと家重の顔を見た。

なるほど、と得心する。

家重の正室比宮増子《なみのみやますこ》は、懐妊したものの月足らずで子が生まれ、母子ともにその命を失っている。西の丸には、その死に疑いを抱く者もあった。誰かが、毒を盛ったのではないか、とささやかれたのだ。

家重廃嫡を唱える者らにとっては、跡継ぎは邪魔になる。元気な男子が生まれれば、家重の立場は強固になるからだ。家のあとを継ぐ者にとって、男子の後継者がいることは大きな有利となる。

ために、企《たくら》みが行われたのではないか、というのが西の丸の推察だった。その後、側室となったお幸の方が懐妊した折にも、嫡男竹千代が生まれたあとも、西の丸では警戒が続いている。

その竹千代が元服することになったとはいえ、家重にはまだその一子しかいない。幼い子が命を落としやすいことを踏まえれば、次の子を得ることは重要だ。

「か……も、ん」

家重の声が上がった。

その続き、というように忠光が口を開く。

「そなたに、お逸の方が寺に移る道中を警護してほしいのだ。そして、寺に着いたら、懐妊しておるかどうか、診てほしい。どうだ」

は、と加門は低頭してから、顔を上げた。

「警護の任、心して務めまする。しかし……」

言いよどむ加門に、意次が助け船を出す。

「懐妊しておられるかどうか、診てすぐにわかるものなのか」

「そこが……」加門は皆をゆっくりと見まわす。

「確かに、懐妊すれば独特の脈が生じると聞いております。が、懐妊はじめの頃の脈は探し当てるのが難しいとのことです。今、どのくらいの日が経っておられるのでしょうか……」

「そのようなこと、我らにはわからぬ。だからこそ、診てほしいのだ」

忠光の言葉に、加門は口を結んだ。

それはもっともか……あとは将翁先生が頼りだな……。そう考えて、加門は正面を向いた。

「わたしは未熟者ゆえ、診断に関してはどこまでできるかわかりませんが、師に教えを乞うて相務めます。その子院、わたしが毎日参っても差し支えないでしょうか。経過を見ることで判断がつくかと存じます」

ふうむ、と忠光が顔を歪める。

「お逸の方がお入りになるのは、さる大名の奥方が建てた子院でな、代々、尼《あま》のおられる庵《いおり》ゆえ、年若い男子が通うのは障《さわ》りがあろうな。世の中は口さがない者が多い」

そうですか、としばし沈思《ちんし》して、加門は顔を上げた。

「では、わたしに通ずる娘をお側《そば》におくことはできましょうか。薬師《くすし》ということにすれば、名分も立つかと。お方様のごようすを伝えてもらえば、判断もしやすくなりますし、なにかあったさいにもすぐに対応ができますゆえ」

「娘か、ふむ、それはよい考えだな」

忠光が首を巡らせると、家重も深く頷いた。

「はっ、では」

改めて手をついた加門に、家重の声が届く。

「た、の……ん……ぞ」

はい、と加門もそれに返した。

第二章　操《あやつ》りの糸

一

はやまっただろうか……。そう考えて、加門は眉を寄せる。外桜田《そとさくらだ》にある御庭番の御用屋敷の内を歩きながら、西の丸でとっさの思いつきを口にしてしまったことを後悔していた。

断られたらどうする……いやしかし、言ってしまった以上、頼み込むしかない……。思いつつ、顔が険《けわ》しくなっていく。

「まあ、兄上、お戻りですか」

前から声が近づいて来る。妹の芳乃《よしの》だ。

「どうなさったのです、難しいお顔をなさって。母上にそのようなお顔を見せると、心配されますよ。さ、笑顔でいらしてくださいな」

宮地家のほうへと歩き出す芳乃を、加門は止めた。

「いや、先に村垣家《むらがきけ》に用があるのだ」

「まあ」と芳乃がくるりと向きを変える。

「また千秋《ちあき》さんに頼み事をするのではないでしょうね」

図星を指されて黙り込む加門に、芳乃が詰め寄る。

「よそ様の娘さんを危ない仕事に巻き込むなど、およしなさいませ」

それも正論であるため、加門はむっとして芳乃を見返した。

「ならば、そなたが……」

言いかけた言葉を遮《さえぎ》るように、芳乃は首を振る。

「まあ、無理ですよ、わたくしは。千秋さんのように変相術や変声術も使えませんし、武術など、習ったこともありませんから。それにわたくしは……」

胸を張る芳乃に、加門は苦笑を返す。

「そうだな、他家に嫁《とつ》ぐ身だものな」

芳乃は同じ御庭番の西村家《にしむらけ》に嫁ぐことが決まったばかりだ。

加門は苦笑を浮かべて首を振る。

「いや、そもそなたでは務まらん、千秋殿でなければ無理だ」

「まっ……」

それはそれで口惜しいらしく、芳乃は口を曲げる。が、言い返すこともできないのが見てとれる。

「家にはあとで寄る」

加門はそう言って、妹を手で払う。そのまま向きを変えて、建ち並ぶ一軒の屋敷へと向かった。

息を吸い込んで、村垣家の戸を叩いた。

すぐに中間《ちゅうげん》が戸を開ける。

しばしば訪れるため、なにも聞かずとも、中間は奥へと伝えに行く。加門もすたすたと廊下を進んだ。

「ほうほう、元気そうだな」

奥の部屋では、隠居の吉翁《きちおう》が待ち構えていた。

今度はなんだ、とその目が問うている。

「すみません、また千秋殿をお借りできないでしょうか」

かしこまって手をついた加門に、

「やはりそうきたか」

吉翁は笑うと、首を巡らせて声を上げた。

「入ってよいぞ」

すでに隣の部屋で控えていたらしい千秋が、

「はい」

と、入って来る。吉翁の隣に座るとにこにこと笑みを広げて加門を見た。

「なにをすればよいのでしょう」

ほっと胸を撫《な》で下ろして、加門は「実は」とお逸の方のことを話す。

「まあ、では、わたくしは薬師に扮《ふん》すればよいのですね、面白そう……いえ、きちんとお役目を果たします。薬師としてのふるまいを教えてくださいませ」

いつものことだが、目がきらきらと輝いている。

「まったく、そなたときたら」吉翁が苦笑して孫娘を見た。

「男《おのこ》に生まれておればよい御庭番となったであろうに」

「あら、爺様《じじさま》、こたびのお役は女《おなご》ゆえにできることです。女はなんでも男よりも下、というわけではありません」

ぷっと頰をふくらませた孫娘に吉翁は、

「わかったわかった」と笑みで頷くと、加門に向いた。

「このような娘でよければ、使うておくれ。ただ、失態をせぬように、すべきことをきちんと言うてくれよ」

「はい、ではまず……」

加門は身体の向きを変え、千秋と向き合った。


医学所の講義を終えて、将翁が立ち上がる。

加門はそのあとを追って、奥の私室へと行った。

「先生」

「おう、なんじゃ」

そう微笑む将翁に向かって、加門はかしこまって正座する。

「懐妊した女人の脈のとり方を教えてください」

「懐妊」そうつぶやくと、将翁は隣の部屋へ声を投げかけた。

「海応《かいおう》、おるか」

「はい」

すぐに返事があり、襖が開いた。海応が横に座ると、将翁は手で示しながら、加門に言った。

「そういうことなら、わしよりも海応に聞いたほうがよい。婦人の病について、大坂《おおさか》で学んでおる」

ああ、と海応は頷く。

「大坂に婦人病にくわしいという医者がいて、評判だったもんじゃけえ、しばらく修業させてもらったんじゃ」そう言いつつ、加門を見る。

「で、金創の次は婦人病ときたか。忙しい御仁じゃな」

「はあ、すみません、病ではなく、懐妊を確かめる脈のとり方を知りたいのです」

「ふむ、では左腕を出しんしゃい」

言われるままに加門が左腕を差し出すと、海応は親指の下の脈に指を当てた。

「普通はここでとるであろう、だが、懐妊したときの脈はこちらでとる」指をずらして、小指の下側に移す。

「ここは神門《しんもん》というてな、懐妊すると速くて強い脈が出るんじゃ」

「ここで脈がはかれるのですか」

驚く加門に、海応は頷く。

「うむ、だがな、それは懐妊してからはじめの頃、せいぜい八十日くらいのあいだに限る。それが過ぎると、不思議とここの脈は消えてしまうんじゃ」

はあ、と加門は手首を見つめる。

「おまけにな」海応は手を離して、

「その脈は見つけるのがかなり難しい」

「そうなのですか」

「ああ、深いし、弱い脈じゃけえ、かなり馴れんと探り当てることはできんがじゃ。わしも習ってから脈がとれるようになるまで、ずいぶんとかかったものよ。とれるようになっても全部が全部、脈が出るわけじゃあない。人にもよったな」

「そう、ですか」

肩を落とす加門に、海応はさらに言葉を繋《つな》ぐ。

「八十日を過ぎると、普通の脈が速くなることで懐妊がわかることもある。滑脈《かつみゃく》といってな、それで確かめる医者も多い。じゃが、それもしばらくすると元に戻ってしまうことが多いんじゃ。身体が馴れるんじゃろうな。それに、脈は人によって違うからのう、それまでの脈を知っておれば、速くなったと判断もできようが、初めてとったら、変わったのかどうかもわかるまいて」

「なるほど……そうですね」

海応はさらに追い打ちを掛けるように、声を重くした。

「それにのう、女人の身体というのは不思議なもので、懐妊しておらぬのに懐妊したのと同じように変わることがあるんじゃ。わしゃ、子もできておらんのに、懐妊したと言い張って、腹が大きくなった女を診たことがあるけんのう」

へえ、と目を瞠《みは》る加門に、将翁も頷く。

「うむ、わしは診たことはないが、ときおり聞く話じゃやな」

「そうなのですか」

驚きに思わず口を開いた加門は、すぐにそれを閉じた。ほうと息を吐く。

「そんなに難しいのでは、わたしごときでは判断はつきませんね」

うなだれた加門の肩を、将翁はぽんと叩く。

「なあに、懐妊は日を待てば明らかになること。焦って診断をつけることはない」

「そうじゃ」海応も頷く。

「悪阻《つわり》も出るし腹もふくらむ。それよりも、懐妊しておった場合、子が流れぬように気をつけることじゃ」

「それは、どのように気をつければいいのでしょうか」

「ふむ、そうさな……」

海応は一つひとつ、事柄を上げていった。

二

朝早く、加門は西の丸へと向かった。

お逸の方を子院へと移す日だ。

西の丸御殿に着くと、ほどなく行列の人々が出て来た。供をする侍や奥女中、荷物を持つ中間《ちゅうげん》などが、ぞろぞろと列を作る。

麻《あさ》の紋付きの羽織を着てきた加門も、その列の後方に付く。と、隣にすっと人が立った。

「意次」

思わず洩らした声を慌てて抑える。西の丸では意次は主殿頭《とのものかみ》という官位で呼ばれている。加門も人前ではそう呼ぶようにしているが、ついいつもの呼び癖が出てしまう。

意次はにっと笑ってささやく。

「わたしもお供をすることになった。いっしょに参ろう」

「そうか」加門もささやき返す。

「そなた、やはり家重様の御不興を買ったわけではなかったのだな」

「うむ、あの日、わたしが宿直明けで退出したあとに、お逸の方が中奥に来られたそうだ。で、こういう運びになったらしい」

「よかった……というよりも、そなたが御不興を買うはずはないと思っていたぞ」

「いや、驕《おご》りは禁物だ。さ、前に付こう」

目で笑うと、意次は加門を行列の前方に誘《いざな》った。

やがてお逸の方が現れ、行列は西の丸の通用門である坂下門《さかしたもん》に向かって進みはじめた。

西の丸の庭を歩きながら、女中達がお逸の方に言葉を掛ける。

「お方様、大事ありませぬか」

「病に障りますゆえ、ゆるゆるとお歩きくださいませ」

その声は聞こえよがしで、大仰《おおぎょう》だ。病で宿下がり、という名目を吹聴《ふいちょう》するのが目的なのだろう、と加門は察した。

西の丸の大奥の横を通るときには、ことさらに声を高める。それを窺うかのように、御簾が揺れた。加門は横目でそれを捉える。お幸の方お付き奥女中達が、御簾の向こうでようすを窺っているのが感じられた。

西の丸大奥を回り込んで、一行は坂下門に着いた。そこで待ち構えていた乗り物に乗り、行列はさらに桜田御門を抜けて城の外へと出た。

そこから大名屋敷が建ち並ぶ外郭《そとくるわ》を通り、虎之御門《とらのごもん》を目指す。そこを抜ければ町だ。

門を出てから、加門は意次のすぐうしろに付いた。行列といっても西の丸の側室の一行であるから、大した人数ではない。

意次は小さく振り向くと加門にささやいた。

「薬師の娘というのはどうなった」

「ああ、外で待っている」

そうか、と意次は頷く。

一行は長い大名屋敷の塀を曲がる。

曲がりしなに、加門は目で背後を見た。屋敷の家臣らが行き交う道だが、気になる影があった。門からずっと、ちらちらとその影が付いて来ているように感じられる。若い侍のようだ。が、若い侍は多く行き交っている。

気のまわしすぎかもしれぬ……。加門は前方に見えてきた御門に目を戻した。

虎之御門を抜けて、濠を渡る。その前は小さな広場になっている。

　そこに一行が入ると、一人の女が近寄って来た。

「これ、寄るでない」

　御家人《ごけにん》らしい供侍の一人が、声を荒らげて踏み出す。

「いや、よいのです、供に加わる薬師です」

　意次が手を上げて制する。御家人は「はっ」と下がって行った。

　女は千秋だった。地味な藍色《あいいろ》の着物で近寄って来て、意次に礼をすると、加門のうしろに付いた。

　意次は振り向いて頷くと、加門に再びささやく。

「やはり千秋殿だったか」

　意次と千秋は須田町《すだちょう》の加門の家で顔を合わせ、ともに町に出かけたこともある。すでに気心の知れた仲だ。

　行列は芝へと向かって進む。

　千秋はうしろからそっと声をかけてきた。

「わたくし、御用屋敷の御新造《ごしんぞ》様方から、たくさん話を聞いて参りました。皆さん、お子をたくさん産んでらっしゃるので、それは勉強になりました。ですからわたくし、きっとお役に立ちます。ご安心くださいませ」

加門は思わず振り向いて、千秋を見た。

にこりと笑む顔に、加門も微笑んで頷く。

「それは頼もしい、頼みます」

はい、と千秋が胸を張った。

目の先には、芝増上寺の大屋根が見えはじめた。

周辺には小さな寺がびっしりと並び、寺町を作り上げている。

どこも屋根をいただいた山門をそなえ、高い塀で囲っている。

加門はいま一度、目で背後を探った。辻《つじ》に人影がある。が、すぐにそれは身を引いた。影の形《なり》は若い侍ふうだ。

やはり付けて来ていたのか……。そう思うと、肩に力が入る。

一行は山門の一つをくぐった。扁額《へんがく》には天青院《てんせいいん》と書かれている。

境内《けいだい》で止まると、乗り物からお逸がゆっくりと下りた。

迎えに出ていた尼僧が、庫裏《くり》へと案内して行く。

加門は寺の中を見まわした。中央にこぢんまりとした本堂があり、脇にも小さなお堂が建っている。

奥にあるのが暮らしの場である庫裏だ。そのさらに奥には離れも見える。

周囲は高い塀に囲まれており、両隣も背後も寺だ。

これなら外から侵入するのは難しいだろう、と加門はほっと息を吐いた。

「お水をどうぞ」

庫裏から出て来た男が、皆に茶碗に汲《く》んだ水を配っている。

「ささ、どうぞ」

加門の前にもやって来た。寺男らしいが、鬢《びん》は薄く、白いものが多い。

「ここに住んでいるのですか」

加門が問うと、

「はい、寺男三人がおります」

そう頷いて、ほかの者らを顎《あご》で示した。皆、同じような年配だ。

「昔、女ばかりと侮《あなど》った盗人が入ったとかで、寺男を置くようになったそうで。けれど、若い男だとなにを言われるかわからないもんで、わしらのような年寄りばかりです」

「なるほど、暮らしには男手も要るでしょうしね」

加門は微笑んで、その腕を見た。年にしては太く、手もごつい。頼りになるのかもしれない……。加門はそう考えて、少しだけ肩の力を抜いた。が、そこに千秋が小声でつぶやく。

「盗人が入ったとは、あまり気を抜くわけには参りませんね」

そうはそうか、と加門は力を戻す。

「では、皆さん」

意次の声が背後から上がった。行列の人々のあいだを歩きながら、

「ゆっくりと休んだのち、お城に戻ってください」

と、声をかけている。皆は木陰で茶碗を手に、頷く。

「ここに残るお女中方は、庫裏へと行ってください」

意次の指示に、数人の奥女中が歩き出した。意次は加門の隣に来て、庫裏を顔で示すと、千秋にも目配せをした。

「我らも行こう」

加門と千秋は意次に付いて、庫裏へと向かった。

客間に通されると、そこにはすでにお逸がいた。

向かいに座った意次が隣の加門を紹介しようとすると、お逸は、

「はい、宮地加門殿、存じております」

と、笑みを見せた。

「小菅御殿でもお見かけいたしました。それに……」

お逸は肩をすくめて、笑いを抑えきれない口元を袖で隠す。

「西の丸の奥女中で、美男の田沼様と加門殿を知らぬ女《おなご》はおりませぬ。どちらかのお姿をお見かけしただけでも、皆、うれしそうに言い立てるのですよ。お二人がお庭でお話をされておられるときなどは、皆、頬を染めて、縁側から覗いているほどです」

「はぁ……」

加門と意次の頓狂《とんきょう》な声が揃った。

ほほほほ、とお逸が笑い声を放つ。

加門と意次の顔がうっすらと赤くなるのを見て、お逸の笑いは止まらなくなった。

「今日もお二人にお供をしていただくというので、わたくしのお付きの女中達は、妬《ね》まれていじわるをされたくらい……」

困惑に口を結びつつ、加門は、はたと思い至った。二人で庭にいたときに、大奥の御簾が揺れたのは、奥女中が集まっていたせいだったらしい……。

うほん、と咳払いをして、意次は背筋を伸ばした。

「それでは、加門はよいとして、もう一人、お引き合わせせねばならぬ者がおります。

加門、そなたから……」

　促されて加門は、斜めうしろに控えていた千秋を手で示した。

「はい、この者はわたしと同じく御庭番の家の者。村垣千秋と申します。このたび、薬師という名目で、お側に付かせていただきます」

「よろしくお見知りおきを」

　千秋が手をついて低頭すると、

「まあ、そうでしたか、これは心強いこと。よろしくお願い申します」

　お逸は笑みを浮かべたまま頷いた。

　それに加門は神妙な顔を向ける。

「聞き及びましたところ、お方様にはご懐妊の兆《きざ》しがあられるとのこと。なれば、お過ごしに当たってお気をつけいただきことがあります。まず、お身体を冷やさぬこと、それに重い物を持たれぬこと、激しい動きをなされぬこと、お気持ちを楽にもたれること……」

「はい、それは大丈夫です」お逸が言葉を遮《さえぎ》る。

「気持ちは御殿を出て楽になりました。大奥ではいろいろと、気詰まりなことがありましたゆえ」

お逸はそう言いながら、ついと膝行《しっこう》した。

「それよりも加門殿、加門殿は医術を学ばれておられるとのこと、懐妊しておるかどうか、診てもらうようにと大納言様から言われております」

きたか、と加門は息を吸い込む。

「ご懐妊かどうか、確かにそれを計る脈診はあるのですが……」

加門は海応から聞いた難しさを説明する。

「わたしような未熟な身では、おそらく判断できかねると存じます」

「まあ、そうなのですか……なれど、とりあえず、診ていただくわけには参りませぬか。懐妊したやもしれませぬ、と大納言様に申し上げたところ、大変お喜びになられたので、却《かえ》って不安になってしまったのです。違っていたら、がっかりなさることでしょう」

それはそうか、と加門は頷く。

「では、一応、脈を診せていただきます」

加門も膝行してお逸に近づいた。

「左腕をお出しください」

「はい」

素直に差し出されたお逸の手首に、加門は指を当てる。息を凝らし、指先に集中して手首に当てる。意次が身を乗り出して、覗き込む。

加門は息を殺して、指先を少し、ずらす。が、眉を寄せて小首を傾げ、また指をずらす。少しずつずらしてみるが、加門の眉間が寄るばかりだった。

「すみません」手を離して、加門は頭を下げる。

「やはり脈を見つけることはできませんでした」

「そう、ですか」

お逸は腕を戻しながら、うなだれた。

「しかし」加門は顔を上げる。

「今はまだ、はっきりしないだけ。ご懐妊とあれば、いずれ明らかになります。それまで、くれぐれもお身体を労《いたわ》られ、お気をつけてお過ごしください。なにかありましたら、ただちにこの千秋にお告げください」

「はい」と千秋もかしこまる。

「わたくしは毎日お側におりますので、なんなりとお言いつけくださいませ」

「ありがたいこと、礼を申します」

微笑むお逸に、加門も安心させるべく笑みを浮かべた。

「わたしもときどきは参りますので」

その目を千秋に移し、頼んだぞ、と目顔で語りかける。千秋も目で頷いた。

「この加門は」意次が胸を張る。

「上様も大納言様も信頼しておられる男、ご安心ください」

その誇らしげな面持ちに、お逸は深く頷いた。

三

医学所から借りた薬箱を下げて、加門は宗兵衛らが泊まっている馬喰町の宿屋亀田屋に向かった。

お逸の警護などで、この二日、行けなかったのが気にかかる。

三人がいる奥の部屋に入ると、ふと鼻を突いた臭いに、加門は動揺した。

「どうですか」

急いで宗兵衛の横に座ると、傷口に巻いた晒しをほどきはじめる。背中を支える多吉は、不安気に加門を見た。

「一昨日の夜から、熱が出ているようで……昨日からは、なんだか息が荒くなったみてえだし」

晒しを受け取りながら耕作も頷く。

「なんだか傷が臭うような気がするんですが」

加門は唇を嚙《か》みしめて、傷口に当てた布を剝《は》がす。臭いが広がった。しまった、膿《う》んでしまった……。加門は思わず震えそうになる手を、ぐっと握った。傷口の周辺が赤く腫《は》れ、熱を持っている。が、表面の色はただ赤いだけだ。膿んでいるのは皮膚の下らしい。

「多吉さん、桶《おけ》にきれいな水を汲んできてください。それと、火の点いたろうそくを一本、借りてください」

「へい」

多吉は部屋を出て行く。

加門は薬箱の下の引き出しを開けた。中には大小の小刀や鍼《はり》、金《かね》の棒などが入っている。

「持って来やした」

多吉が桶とろうそくを加門の横に置く。

加門は小刀の刃をろうそくの火にかざす。

「どうするんで」

　下から覗き込む耕作に、加門は、

「傷口を切ります」

　と、刃をかざした。

「き、切るって、お父っつぁんをですかい」

「はい、傷の奥に膿《うみ》がたまってしまいました。これを出さなければ、治りません」

「えっ、けど、切ったら、ますます傷がひどくなるんじゃねえですかい」

　多吉が身を乗り出す。

　加門は二人の息子を交互に見た。

「刀傷で膿んだ場合、放っておけば毒が身体中にまわって、死ぬこともありえます。大丈夫、傷はいずれ治りますから」

　そう言うと、大きく息を吸い込んで、小刀を持ち直した。

　宗兵衛は、その刃を横目で見つめる。

「切ってよくなるんなら、やってくだせえ。いつまでも寝ているわけにはいかねえんです」

「はい。痛いですが、我慢してください」

「へい、多吉、手拭いを取ってくんな」

そう言うと、宗兵衛は受け取った手拭いを丸めて口にくわえた。その上で、加門に頷く。

「では、切ります」

加門は小刀の刃を傷口に入れる。

手拭いの奥から、宗兵衛の呻き声が洩れる。

さらに刃を入れると、加門は止めていた息を吐いた。

「よし」

小刀を手拭いに持ち替えると、加門は己の口を傷口に当てた。

えっと、多吉と耕作の声が上がる。

加門が吸った膿を手拭いに吐き出す。それを繰り返すたびに、宗兵衛のうなり声も上がる。

多吉と耕作は思わず身を引いたが、すぐに気を取り直したように、父の身体を支えて、下から覗き込んだ。

「お、お父っつぁん、でえじょうぶか」

「いてえか」

息子らの声に、宗兵衛は小さく首を横に振る。

口を離した加門が、また吐き出して、手拭いを見つめた。液は黄色から赤に変わっていた。

「これで大丈夫だろう」

加門は桶の水を掬《すく》って、口をすすぐ。

すすぎ終わると、薬箱の中から小さな竹筒を取り出した。栓《せん》を抜いて、それを口に含むと、傷にぷうっと吹きかけた。

「そ、そりゃ、なんです」

「焼酎《しょうちゅう》です。化膿を防ぎます」

加門は、もう一度、吹きかける。

しみたらしく、宗兵衛が唸る。

「すみません、これで終《しま》いです」

加門は反対側の肩をそっと撫でた。

はぁぁ、と多吉と耕作の溜息が零《こぼ》れるなか、宗兵衛も大きく息を吐いた。

加門は新しい布に弟切草の煎じ液をしみ込ませ、そっと傷口に当てた。

「あ、晒しですね」

多吉が新しい晒しをほどいて、加門に渡す。

巻くのを手伝いながら、耕作は改めて加門を見つめた。

「口は、でえじょうぶなんですかい」

「ああはい、すすぎましたから平気です」

「こんな汚ねえ傷を、申し訳ねえこってす」

頭を下げる宗兵衛に、加門は首を振った。

「いいえ、わたしの手当てがちゃんとしていれば、膿むことはなかったんです。こちらこそ、申し訳ない」

加門はそう言いながら、宗兵衛の額に手を当てた。

「熱がありますね。今夜はわたしが泊まっていきます」

「え、そんな、そこまでしてもらっちゃあ……」

手を振る多吉に加門も手で制した。

「いえ、切ったあとはちゃんと経過を見なければなりません。膿んでいた毒がまわっていたりしたら大変ですし」

傷口の化膿で生じた毒素が全身にまわれば、さまざまな症状が表れる。高熱や痙攣《けいれん》などが起きたら、危険な状態になる兆《きざ》しで、その際には素早く煎じ薬を服ませなければならない。

「宿の主にも言って来ます」

立ち上がった加門は、宿の帳場へと向かう。

ちょうど算盤《そろばん》をはじいていた主の横にしゃがむと、

「今晩、看病のために宗兵衛さんの部屋に泊まりたいのですが、いいですか。宿代は払いますから」

「看病って、あのお客さん、そんなに悪いんですか。まさか、ここで死ぬようなことはないでしょうね」

うろたえる主に、加門は微笑む。

「いえ、おそらく大丈夫です」

「おそらくじゃ困るんですよ、死ぬんならよそに行ってくださいよ、お役人なんぞに来られたら、変な噂を立てられて商売あがったりだ」

慌て声になった主に、加門は面持ちを変えた。

「いや、死なせません、そのために泊まるんです」

「そ、そうですか」主は身体を横に傾ける。

「なら、好きに泊まってください、ああ、宿代なんていりませんから、看病、しっかりお願いしますよ」

手を合わせる主に、加門は「はい」と礼をした。


その頃、芝の天青院。

お逸の一行が案内されたのは、奥の離れだった。八畳の部屋と六畳、四畳半の部屋がある。お逸は奥女中をそれぞれの部屋に振り分けて、

「あとの二人は庫裏で部屋をもらいましたから、そちらで賄《まかな》いをお願いします」

てきぱきと支持を終えた。

「それと千秋さん。あなたはこの八畳間でわたくしと寝てください」

そう微笑むお逸に、千秋は慌てて手を振る。

「え、それではご無礼になります」

「いいえ、よいのです」お逸は近寄ると、小声で言う。

「奥女中はそれぞれの身分がありますし、けじめをつけねばなりません。なれど、そなたは女中ではないのですから、誰も文句はつけますまい」

「ですが、わたくしとて御家人の娘、身分を考えれば分不相応です」

「あら、わたくしとてまだお腹様《はらさま》にすらなっておりません。やっと側室として認めら

れたばかりの軽い身ですもの、あまりかしこまらないでくださいな」

はあ、と千秋は頷く。

側室は将軍の女子を産めばお腹様、男子を産めばお部屋様《へやさま》と呼ばれるようになり、格段に身分が上がる。が、そうでなければ軽んじられる、ということは千秋も知っていた。しかし、お腹様かお部屋様になるかもしれない身であるのだから、もっと威張っても不思議はない。

ずいぶんさっぱりとして、気さくな方だこと……。そう胸中でつぶやく。もっと
大奥の側室、という言葉から千秋が想像していたのはだいぶ違う。もっとなよなよなよなよとした女人であろうと、千秋は思い描いていた。

皆が下がると、お逸は面持ちを和《やわ》らげて、千秋と向かい合った。改めて千秋の姿を見つめると、小首を傾げた。

「御庭番の家の娘御は、皆、そなたのようにお役目を手伝うのですか」

「いえ、そういうわけではありません」千秋は肩をすくめる。

「髪を結ったり着物を調えたりと、身支度を手伝うこともありますが、わたくしのように変声術や変相術、武術などをする者はまれです」

「まあ、千秋さんはそのようなことまでできるのですか」

「あ、はい」千秋の首がさらに短くなる。

「うちは爺様、いえ祖父がさまざまな術を教えているのです。わたくしも幼い頃から見ておりましたので、習い覚えたのです」

「女《おなご》でも、できるのですね」

「そうですね、わたくしはやる気さえあれば、女とてなんでもできると思うております。なれど、御庭番の娘だからといって、普通はやりません。わたくしは昔から変わり者と言われております」

まあ、とお逸の赤い唇がほころんだ。その奥から転がるような笑い声が溢《あふ》れ出る。

「千秋さんは面白いこと」

お逸は笑みを湛《こら》えながら、庭から吹き込んでくる風に顔を向けた。

千秋にもそれに倣《なら》うと、その横顔を見て、お逸はつぶやくように言った。

「少し気持ちが明るくなりました。千秋さんをつけてくれた加門殿にも、礼を言わねばなりませんね」

千秋は加門から聞いた、お幸の方に踏み込まれたという話を思い出していた。大奥の内側には、外からはわからぬ苦労があるに違いない。

「お身体になにかお変わりがありましたら……いえ、ちょっとしたご不快やお望みなどでも、なにかありましたら、わたくしにお告げください」

千秋は背筋を伸ばして、お逸に言った。

四

首の痛さに、加門ははっと頭を上げた。睡魔に負けて座ったまま、居眠りをしていたらしい。

目の前の宗兵衛の顔を覗き込む。だいぶ赤味が引いていることから、熱が下がったのが窺える。痙攣も起きなかったから、もう大丈夫だろう、とほっと息を吐く。

額に載せていた手拭いを桶の水に浸し、加門はそれを再び載せた。

息が穏やかになっているのを確認して、加門は微笑む。

向こう側の布団がもぞもぞと動き、多吉の上体がのっそりと起きた。寝ぼけ眼で、加門を見ると、慌てて布団から出た。

「こりゃ、先生、ずっと起きていなすったんですかい」

その声で隣の耕作も目を覚ます。

加門は二人に向けて微笑んだ。

「ああ、いえ、ときどき居眠りをしました。宗兵衛さんの熱は下がりましたから、もう大丈夫ですよ」

「先生」

いつの間にか目を覚ましていたらしい宗兵衛も、手拭いを取って身を起こす。

「すいやせん、夜中も手拭いを替えてもらってたのは、ときどき、わかっておりやした。ありがとさんでやす」

「いや、悪くなったのはこちらの落ち度、謝るのはこちらです」

「とんでもねえです」

多吉と耕作が膝で擦りながら寄って来る。

「むりやり来てもらって、こんなに世話になっちまって……」

多吉が深々と頭を下げる。

宗兵衛も頷くと、加門に向き直った。

「すいやせん、おらは嘘をついていやした。追い剥ぎにやられたんではねえ、あの侍に斬られたんです」

父の言葉に、息子二人も姿勢を正す。

「へえ、嘘をつきやした、お武家はどうにも油断がならねえと思ったもんで。勘弁してくだせえ」

多吉の言葉に耕作も頷く。

「ええ、侍といざこざがあったなんて役人に告げられたら、しょっぴかれちまうんじゃねえかと思ったんでさ、すいやせん」

「ああ、いや、いいのです」

加門は穏やかに首を振る。深入りを避けたいがために、あえて深く聞こうともしなかった身としては、謝られるとうしろめたい。

「しかし、侍とは」抑えていた好奇心が頭をもたげる。

「なぜ、皆さんが狙われたのか、心当たりはあるんですか」

それは、と息子二人が顔を見合わせる前で、宗兵衛が腹を括《くく》ったように口を開いた。

「あの侍は国のもんです。おらたちが江戸でまずいことをするんでないかと、思ったに違えねえ」

「まずいこと、とは」

「へえ、今、あっちこっちで一揆《いっき》や打ち壊しが起きてるでねえですか。強訴《ごうそ》をする者もおるし、お上《かみ》に訴え出ようとする者もおる。おらたちも、そんだらことをするのではねえかと、思ったんでやしょう」

「ああ」耕作が頷く。

「江戸に来れば、それをやってのけた人らがいるから、やり方を教わるんじゃねえか、とか、そう考えたんではねえでしょうか」

「それに」多吉も前に出る。

「江戸には目安箱《めやすばこ》もあるし、将軍様がおられるんだから直訴《じきそ》だってできる。そうなったら、藩主がお咎《とが》めを被《こうむ》ることになるんでしょう。だから、殺しちまえと、考えたに違えねえんだ」

加門はぐっと喉を詰まらせた。

目安箱は確かにあるが、百姓衆の訴えは、ほぼ取り上げられることはない。将軍も高齢のためか、最近では寛永寺《かんえいじ》や増上寺への参拝すら、家臣に代参させるようになっており、直訴も難しい。が、医者として接している身で、公儀の内情を話すのは、あまりにも不自然だ。

「なるほど、そういうことでしたか」加門は穏やかに頷く。

「されど、皆さんは、本当にそういうことをするつもりで来たんですか。国で旅手形をもらってきたんですよね」

「ええ、それは名主さんから出してもらいました。寛永寺と浅草寺《せんそうじ》の参拝という名目で、ちゃんと」

国を離れることには管理が厳しいが、神社や寺の参拝という名目があれば、簡単に旅手形が発行された。それを持って、遊興の旅を楽しむ人々も少なくない。

「けど、場合によっちゃあ、なにかやってもいいとおらは思ってる」

多吉が鼻をふくらませる。

「これ」

それを宗兵衛が制したが、多吉は頬までふくらませた。

「だけんど、やるとしたら今のうちかもしれねえんだろう」

「今のうち、とは」

加門が首を傾げると、宗兵衛は顔を歪める。

「いや、とりあえずはそれが本当かどうか、確かめたくって、江戸までやって来たんです」

「確かめるとは、なにをですか」

加門の問いに、耕作が上目で答える。

「うちの藩主様が、江戸で厳しい取り決めを作っていなさると聞いたんでさ」

「取り決め……」

「へえ、そいつができると、刑罰が厳しくなるそうで。もう、おまえたちも生意気は言えなくなるぞ、と江戸勤番《きんばん》から戻って来た侍が言ったんで。ええと、なんて言ったか、くじ……」

「御定め、なんとかだ」

多吉が言葉を受け取る。

加門は唾を呑み込んだ。公事方御定《くじがたおさだめがき》書のことか……ならば……。

「皆さんのお国はどちらですか」

「へえ、佐倉藩《さくらはん》です」

宗兵衛の答えに、耕作が続ける。

「ああ、だからよけいに上は気を尖《とが》らせてるんでやす、昔っから、いろいろある土地なもんで」

その言葉に、加門の喉から乾いた咳が出た。

佐倉の藩主は松平乗邑だ。

乗邑は確かに、今、公事方御定書を作っている。数年前から着手したその作業はまもなく終わりそうだと、城内でも伝わっている。

「あのう」耕作が身を乗り出す。

「先生は、その御定めなんとか、のことを知っていやすか」

「あ、はあ」

加門は気を落ち着かせるために咳払いをした。おそらくその内容は、公《おおやけ》にはされないだろう。しかし、作られたことは、広く知られるに違いない。

「わたしもくわしくは知りませんが、それは公事方御定書というもので、お裁きの量刑を決めるものらしいです。これまでは国や裁く人物によって、同じ訴えや罪でも刑罰に差があったので、それを統一しようという考えだと聞いています」

「そうしたら、一揆や強訴にも厳しく罰が下りるっつうこってしょうか」

宗兵衛の問いに、加門の眉が寄る。

乗邑がその作成のための部下として使っている一人は、北町奉行の石子《いしこ》貞勝《さだかつ》だ。公儀の掲げる質素倹約を推し進め、町方への取り締まりを厳しくしている。質素倹約を批判した尾張藩主徳川宗春を隠居に追い込んだ、陰の立て役者でもある。

さらに、もう一人の部下は勘定奉行の神《かん》尾《お》春央《はるひで》だ。百姓から取り立てる年貢をいくども増額させ、湧き起こった一揆も弾圧するばかりで、耳を貸そうとはしない。むしろこう言い放ったことは、町方にも瞬《またた》く間に広まった。

〈胡麻《ごま》の油と百姓は絞れば絞るほど出るものなり〉

加門はそれを思い出しながら、眉間の皺を深めた。

確かに、乗邑一派が作り上げる公事方御定書であれば、下の者に厳しくなることは目に見えている。が、それを言うのは憚《はばか》られた。

「さあ、そこまではわかりません」

首を振る加門に三人は、それはそうか、という顔で頷く。と、そのとき、廊下から声が上がった。

「朝ご飯ですよ、皆さん、板間に来てくださーい」

宿の女中がそう大声を上げながら、歩いて来る。

加門は面持ちを変えて、口を開いた。

「ああ、皆さん、行ってください。わたしは医学所に行かねばなりませんから」

薬箱を手にして立ち上がる。

「また来ます」

そう言いつつ、軽い目眩《めまい》を感じて、加門は頭を振った。

これでは講義を聞けないな、家へ帰って寝よう……。加門はゆっくりとした足取りで、外へと出た。

芝、天青院。

千秋は床の間を背に朝餉《あさげ》をとっているお逸を、下座から見つめていた。

箸《はし》の進みはゆっくりで、ご飯にはあまり手を付けない。

千秋は御用屋敷で聞いた母御らの言葉を思い出す。

〈懐妊したときには、ご飯の匂いがだめになったものよ〉

やはり、ご懐妊されておられるのだろうか……。千秋は己のご飯をきれいに平らげながら、お逸のようすを見ていた。それと同時に、別の母御の言葉を思い出す。

〈わたくしは娘ばかりが生まれたもので、早く男子をと言われましてね、懐妊したと思うて喜んだら、しばらくしてから気のせいだとわかってがっかりしたものです。月のものまでとまったというのに……不思議なものね〉

そういうこともあるのなら、慎重にお見守りせねば……。そう思いながら見つめる千秋に、お逸が目を向けた。にこりと笑むその面持ちに気が緩んで、千秋は思わず口を開いた。

「大納言様はおやさしくあられるのですね。このようなお寺で過ごせるよう、お気遣いくださるとは」

「ええ、本当にお心のやさしい方ですのよ」

そう言ってから、お逸は声を落とした。

「千秋さんだから打ち明けますけどね、本当はわたくし、最初に小菅御殿でお目通りしたときには、少し怖かったのです」

まあ、と千秋は目を見開く。お逸が小菅御殿で寵愛を受け、大奥に上がったという話は加門から聞いていた。が、やはり当人の言葉は新鮮だ。

「されど、お世話をするうちに、下の者に対して温かなお心遣いをなされることがわかったのです。一度……」

お逸が肩をすくめて、ますます小声になる。

千秋は膳を脇に押しやって膝行《しっこう》した。お逸は娘のような笑みを浮かべる。

「大納言様に昼の御膳をお持ちしたときです。一つ、和《あ》え物《もの》の椀《わん》に手を付けられなかったのです。下げよ、と仰せになられたので、わたくし、その椀を覗いたのです。もしや、お嫌いな物がおありかと思ったので。そうしたら、すえた臭いがしたのです」

「まあ、傷《いた》んでいたのですか」

「ええ、お豆腐がいけなかったようです。お出しするときは気が付かなかったものですから、わたくし、慌てました。されど、大納言様は、気にせずともよい、と仰せられたのです」

千秋にかすかに怪訝《けげん》そうな表情が浮かんだのを、お逸は見逃さなかった。

「大納言様のお言葉は聞き取りにくい、ということを、千秋さんも聞いたことがおありなのね、御庭番のお家ですものね」

千秋が小さく頷くと、お逸は微笑む。

「わたくしもはじめはわからなかったのですが、すぐにわかるようになったのです。聞き取る、というよりも面持ちや声の調子で、おっしゃりたいことがすぐに察せられるようになりました」

「まあ、それは……」

「不思議でしょう、なれど、そうなのです。それでね、わたくし、そのお椀を手にどうしたものか、と目で問いました。すると、大納言様はわたくしの意を察せられて、そのまま捨てよ、と仰せになったのです」

「まあ、大納言様はお方様が言葉にせずとも、おわかりになったのですか」

「ええ、こちらの目や面持ちで、意を汲んでくださるのです。おそらく、お若いときから、周りの者らの裏と表を御覧になってきたからでしょう。身分が高くなればなるほど、下の者は言葉も態度も取り繕《つくろ》いますが、多くの者は本心が別……それはわたくしも大奥に上がってから、つくづくと感じました」

「まあ、では大納言様は、相手の取り繕った上辺《うわべ》ではなく、本心や本音を見抜くお方なのですね」

「ええ、そうなのです」

お逸は我が意を得たりと、うれしそうに頷きながらも、そっと声を落とした。

「大納言様は、お気持ちがとても細《こま》やかなのです。ですから、人の善意も悪意も感じ取られるのです。それに、お言葉がはっきりしないということで、ほかの方なら知らずにすむ人の悪意を感じざるをえなかったのだと、わたくしは思います」

「まあ」

千秋は思わず眉を寄せた。世子ともてはやされている西の丸の主の、思いもかけない真の顔を垣間《かいま》見たような気持ちになった。

「それは、なんともご不憫《ふびん》な……あ、いえ、不憫などとご無礼を……」

慌てる千秋にお逸が首を振る。

「いいえ、いいえ、わたくしもそう思うたのです」

お逸は膝行して千秋に寄ると、その手を取った。

「錦をお召しになり、御殿に住まわれても、お心はなんとお寂しいのかと。千秋さんにわかってもらえて、わたくしうれしく思います」

握りしめるお逸の手を握り返しながら、千秋は頷く。

「大納言様は、そうお感じになったお方様のお心も察せられたのでしょうね。だから、目で語ることもおわかりになった……そしてお方様も、捨てよと仰せになった大納言様の言葉をすぐに察せられた……」

「ええ、音に出さずともわかりました。ですから、わたくしがそっと捨てておきます、と申しました。傷んでいたことを告げれば、賄い方がお咎めを受けることになりましょう。大納言様はそれは望んでおられないと、察せられましたから」

「まあ、大納言様はなんと」

「目元でやさしく笑ってくださいました」

お逸は千秋の手を離し、それをうつむく口元に当てた。

「それから大納言様は……」

お逸の頬が赤らむ。

ああそうか、と千秋は察した。その出来事を機に、お逸の方は御寵愛を受けるようになったに違いない……。

恥ずかしそうに微笑むお逸に、千秋は黙って微笑み返した。

五

外桜田、御庭番御用屋敷。

宗兵衛の看病から戻って、昼過ぎまで眠った加門は、実家へと足を向けた。

「おう、戻ったか」

ちょうど下城してきた父の友右衛門と、屋敷の門でいっしょになる。

「そういえば」父は隣に並ぶと、小声になった。

「意次殿が妻を娶るそうだな」

「え、もう知っているのですか」

「それはそうだ、御庭番だぞ。城内の噂をいち早く摑むのも務め。そなたはやはり聞いていたのか」

「はい、当人から」

話しながら、二人は屋敷に着く。

「あらあら、加門も戻ったのですか」うれしそうに母の光代《みつよ》が出迎えた。

「なれば、菜を増やしましょう、今日こそは夕餉を食べておいきなさい。いえ、たまには泊まっていきなさい」

母の強い口調に、加門は「はい」と答える。

台所に向かおうとした母は、ふと立ち止まって振り返った。

「聞きましたよ、意次殿が妻を娶られるそうですね。うちもそろそろ考えねばなりませんね」

そう言って、友右衛門を見る。

「ああ、いや、そうだな」

目をそらす夫に、光代がつっと寄った。

「なれど、見習いでは妻を娶るなどとうてい無理でございましょう。その辺りを真剣に考えねばなりませんね」

妻の棘《とげ》を含んだ物言いに、友右衛門はごほんと咳払いをする。

気の張り詰めた二人のあいだに、加門は割って入った。父が務めをやめたくないのはわかっている。

「ああ、いえ、わたしはまだ当分見習いでかまいません。妻のことなど、まだ考えたこともありませんから」

「まあ、呑気《のんき》なことを。跡継ぎを得て、お家を継いでゆくのも大事な役目ですよ。妻のことなどと、そのように軽んじてはいけません」

母の言葉に、加門も目をそらして咳払いをする。父は息子をかばうように、手を上げた。

「その話はまた今度だ。加門、なにか用があるのであろう」

「あ、はい。実は佐倉騒動のことを知りたいのです。確か、書かれた書物がありましたよね」

「おう、あるぞ、こっちだ」

父は加門の腕を引いて、書庫のほうへと歩き出す。

「まあ、人の話を途中で……」

母のつぶやきを背で聞きながら、加門は書庫へと逃げ込んだ。

書庫には棚いっぱいに書物がある。

父が出て行くと、加門は順に手に取って、書名を読み出した。

父友右衛門は吉宗について江戸に入ったあと、江戸について知らねば、と考えたのだろう。江戸で出された書物が、硬軟取り混ぜて集めてある。

あ、ここに書いてある……こっちにも触れてあるな……。

加門は順に棚から抜き出して、積んでいく。

「兄上」

廊下から声がかかった。

「なんだ、芳乃か」

振り向いた加門に、芳乃が口を尖らせて近寄って来た。

「兄上、ひどいではありませんか。千秋さんに頼んだお役目は、西の丸大奥御側室の付き添いだそうですね」

話したのは吉翁か、いや本人かもしれないと苦笑しながら、加門は頷く。

「それだとなにがひどいんだ」

「あら、そのようなお役目なら、わたくしがしたかったのに」

は、と加門は眉を歪める。

「なぜだ」

「なぜって、大奥の御側室にお目にかかれる機など、滅多《めった》にないではありませんか」

「会いたいのか」

あきれ顔で顎を上げる加門に、芳乃は頬をふくらませる。

「それはそうですわ。大奥のお方がなにをお召しになって、どのような物をお持ちになっているのか、女《おなご》であれば知りたいに決まっています」

加門は絶句する。

「いや、千秋殿は別に知りたそうではなかったぞ」

「まあ、千秋殿は変わっているからです。普通の女なら、覗いてみたいものですわ、なにしろ御殿暮らし、そのうえ大奥ですもの」

芳乃の言葉に、加門は思わずあんぐりと口を開けた。普通の女とはそういうものなのか……。が、すぐに真顔に戻した。

「千秋殿に頼んだのは覗きではない、そなたなどには務まらぬ役だ」

「まあぁ」芳乃は眉を寄せる。

「兄上はそうやって、いつもわたくしを見下《みくだ》して……」

泣きべそのような顔になった妹に、加門は慌てて首を振る。

「いや、見下しているのではない、その、人には向き不向きがあると言うているのだ。そら、そなたは……そうだ、よい妻になるであろうよ、そういうことだ」

歪んでいた芳乃の顔が弛《ゆる》んだ。

「あら、そう思われます」

「ああ、思うぞ。よい母にもなるだろうな、そなたはやさしいからな」

まあ、と機嫌を直して、芳乃は笑顔になる。

加門も妹のわかりやすさに笑みが出た。

「加門、夕餉ですよ」

廊下から母の声が聞こえる。

「そら、飯だ、行こう」

加門は妹を促して書庫を出た。


膳に着くと、父の友右衛門が上機嫌で盃を差し出した。

「ささ、飲もう、ここなら酔っぱらって寝てもなんの心配もないぞ」

はい、と加門は先に銚子《ちょうし》を父に傾けた。

ぬる燗《かん》の酒を、向かい合った父子がぐいと呷《あお》る。

「うむ、うまい」

父は眼を細めて息子を見る。

「で、佐倉騒動の書物は見つかったのか」

「はい、短いものですが、何冊か」

「『地蔵堂通夜物語《じぞうどうつやものがたり》』という本が一番くわしいぞ」

「あ、それもありました。ただ、戯作《げさく》のようですが」

「ああ、そうだ、だが、わかりやすい。あの本は、江戸に来てしばらくしてから、意《おき》行《ゆき》殿に薦《すす》められたのだ」

田沼意行は意次の亡父だ。吉宗が紀州藩主《きしゅうはんしゅ》であった頃、意行も友右衛門も藩士として仕えていた仲であり、兄弟のようにつきあっていた。ために、それぞれの長男である加門と意次も幼馴染みとして、つきあうようになったのだ。

父は小松菜《こまつな》の煮浸《にびた》しを口に運びながら頷く。

「戯作《げさく》ではあるが、ほかの種本《たねぽん》を丹念に調べて話にしたらしい。騒動からすぐに、聞き書きをした本が何冊も出たらしいからな、それを集めて元とし、戯作を作ったのだろう」

「古いのですか」

「うむ、古くは元禄《げんろく》三年（一六九〇）の写本があるそうだから、ずいぶん早くに出版されたのだろうな」

「借りていってもかまいませんか」

「ああ、いいとも。うちのはもっとあとの写本だし、貴重本ではない。他の物も全部、持って行ってかまわん」

「では、しばらくお借りします」

二人のやりとりを、母と妹はちらちらと見ており、聞き耳を立てていたのがわかった。口を挟むまい、と抑えていたのも感じられたが、芳乃はついに我慢ができなくなったらしい。

「佐倉騒動とはなんですの」

ふむ、と父は娘を見る。

「家光《いえみつ》公の時代に起きた強訴だ。佐倉の名主木内惣五郎《きうちそうごろう》が、国の役人の仕打ちに耐えかねてな、御公儀に訴え出たのだ。気になるのなら、加門のあとで読んでみるといい」

「あら、そこまでは」

肩をすくめる芳乃を見て、加門は千秋の顔を思い浮かべた。千秋なら関心を持って、読みたがるだろう……。

父は顔を息子に戻す。

「しかし、なぜまた急に佐倉を……」

「ああ、実は佐倉から来た百姓を治療しているのです。それで、気になって。藩主が藩主ですし」

「松平乗邑様、だな」

「はい」

加門は父の盃に酒を注ぐと、自らも喉に流し込んだ。

「佐倉はずいぶんと藩主が変わっているようですが、なぜなのでしょう」

「ううむ、確かにな。佐倉騒動の頃は堀田《ほった》様であったし、乗邑様とは別筋の松平家や稲葉家《いなばけ》など、短い年月でよく変わってきているな。江戸から近いこともあって、御公儀の重臣が藩主となることが多いのだが、重臣は……」

言いよどむ父に代わって、加門が口を開く。

「そうか、将軍が変われば重臣も変わりますね。それに、失脚や更迭《こうてつ》も多い」

「まあ、そういうことだ。転封《てんぽう》や移封《いほう》もあるしな」

なるほど、と加門は箸を止めたまま遠くを見る。

そんな息子に、母が声を投げた。

「さあさあ、難しい話はあとにして、召し上がれ。せっかくそなたの好きな茄子《なす》と生揚げの煮物を作ったのですよ、冷めないうちにお食べなさい」

「はい」

加門は汁のしみた茄子を口に運ぶ。ほんのりと甘い煮汁が口の中に広がった。

「うまい」

息子の笑みに、母は満足そうに頷く。

「ええ、そうでしょう、おかわりもできますからね、たんと召し上がれ」

はい、と加門は口を動かしながら、目で母に笑いかけた。

朝餉の香りに、加門は早々と板間に出向いた。

流れてくる味噌汁の湯気に、加門はくんと鼻を動かした。

朝の味噌汁とはよいものだな……。そうつぶやきながら、座る。

父と妹もすぐにやって来て、皆が膳の前に揃った。

「おや、今日は椀が多いな」

父の言葉に、母が胸を張る。

「よいではありませんか、この家の跡継ぎが戻っているのですから」

加門は恐縮して、

「いただきます」

と、頭を下げた。

熱い豆腐の味噌汁をずっとすすると、その熱が喉から胸へと広がった。

芳乃がきゅうりの糠漬《ぬかづ》けをぱりぱりと食べながら、加門を横目で見る。

「兄上」

「うん、なんだ」

「西の丸ではお幸の方様とお逸の方様、どちらがより家重、いえ大納言様の御寵愛を受けているのですか」

また大奥の話か、と加門はあきれ顔になる。

それに気づいた母は、こほんと咳をした。

「芳乃はまもなく嫁ぐ身、殿御の御寵愛の話が気になるのは、しかたありません」

「そういうものですか」

加門の問いに、母と娘は声を揃える。

「そういうものです」

ほう、と息を吐いて、加門は妹から目をそらす。

お幸の方がお逸の方のいる寝間に分け入った、という話はさすがに伝わってはいないらしい。

「どちらの御寵愛が深いかなど、そのようなことは大納言様御自身にしかわからぬであろうよ」

そうとぼけて、瓜《うり》の浅漬けを囓る。

「お幸の方様は、先《せん》から大納言様をお慕いしてらしたのでしょうか」

はあ、と加門はまじまじと妹を見る。加門が一度も考えたことのない疑問だ。

「それは、大奥の女性《によしよう》であれば、皆、主を慕っているのではない、か……と思うがな」

言いつつ自信が持てない己に気づく。

「まあ、そう簡単なことではないと思いますけれど」

芳乃の自信ありげな物言いに、加門はぐっと黙り込んだ。

「けれど」芳乃が首を傾げる。

「お慕いしていらしたから、京にお戻りにならなかったのでしょうか」

お幸の方は京の公家《くげ》の出だ。家重の御簾中《ごれんちゆう》（正室）となった比宮増子に付き従い、奥女中として江戸城に入ったのである。

だが、増子が早産で逝去《せいきよ》し、京から来た奥女中達は立場が揺らいだ。なかには京に戻った者もいたし、城を出て江戸で嫁ぐ者もいた。吉宗はもともと大奥の縮小を実行していたため、西の丸もそれに倣ったのだ。が、奥女中のなかには、家重の世話をするため、そのまま大奥に残った者達もいた。お幸の方はそのうちの一人だったのだ。

「いやまあ」父が口を開いた。

「大奥の上役は骨を埋める覚悟で上がる者も多いゆえ、その意気を貫いたのかもしれぬな」

「まあ、それでたまたま御寵愛を受けることになったのですか」

芳乃がさらに首を傾げる。

父と息子は汁椀を傾けながら目を見交わした。

正室を選び、婚儀の手筈《てはず》を整えたのは、松平乗邑だった。

廃嫡を唱えていた乗邑が、なぜ、正室選びを行ったのか。西の丸を手中に収めようとしたのか、御簾中を操って家重を思うままにしようとしたのか。その腹の内はわからない。

お幸の方を御簾中の替わりにしようとしたのではないか……。加門はかねてより思っていたことを、胸の中で反芻《はんすう》する。

御簾中という主が亡くなったあとは、御寵愛を受けた側室が大奥で力を持つことになる。お幸が側室になれば、差配《さはい》をした乗邑が有利となり、西の丸に力を及ぼすことも可能だ。家重を排したい乗邑は、それが狙いだったのではないか……。加門は乗邑の顔を思い出しながら、考え込んだ。

芳乃は屈託のない顔で兄を見る。

「お幸の方様は竹千代様をお産みになられたのだから、大納言様の御寵愛はますます深くなられたのでしょうね」

加門は苦笑を浮かべる。そうとも言えぬ、とは婚儀を控えた娘には言えない。

「そうだな」

「少なくとも」父が口を開いた。

「お幸の方様は、大納言様を心からお慕いしておられるようだぞ」

さすがに、父は西の丸大奥の一件を聞いているらしい。

「そのようですね」

加門は頷いた。お幸の方にはいくども会っているし、家重を慕う心情は手に取るように伝わってきた。

それが乗邑の最大の誤算だったに違いない……。加門は思わず弛みそうになる口元を引き締めた。

「兄上は、お幸のお方様に会われたことがあるのでしょう。どのようなお方なのですか」

「そのようなことは……」言いよどんで、まあいいか、と思う。

「凛《りん》としたお方だ」

「まあ、気がお強いということですね、では、お逸の方様は」

「そちらは、まだ一度しかお目通りしていないから、お人柄などわからん。大奥のことをそんなに詮索《せんさく》するなど、品《ひん》がないぞ」

「あら、だって」

口を曲げる芳乃に、母が苦笑する。

「殿方がどのような女を選ぶのか、気になるのでしょう」

「ええ、似たお人柄を好かれるのならわかりますけど、別のお人柄を好まれるとしたら、不思議ですもの。なれど、殿方にはそれぞれ性質の違う女人を側室にもたれる方も多いと聞きました。そういうものなのですか」

芳乃の顔が父に向けられる。

げほげほ、と父は、呑み込もうとしていた汁物でむせた。

「そ、それは、人それぞれだ」

ふうん、と芳乃は眉を寄せる。

「なれど、側室などもたれたら、わたくしはいやです」

「ええ」母が頷く。

「わたくしとていやですよ。それが道理というもの」

母娘から目をそらして、父がぼそりとつぶやく。

「だが、道理に外れたことも起きるのが世の常」

まあ、と母の目尻が上がった。

「おまえさまは、道理から外れたいとお思いなのですか」

「ば、馬鹿を言うな、わたしは道を外したことなどない。世の常を言っているのだ」

うろたえる友右衛門に、母がくすりと笑う。

「ええ、わかっておりますよ、お城と御用屋敷を行き来するだけですもの、女人と知り合う機などありませんものね」

「なれど」芳乃が眉間を狭める。

「御庭番は遠国《おんごく》に行くこともありましょう、その地で女を囲ったという話を聞いたことがあります」

父と母が気まずい目を交わす。確かに、しばしば起きることだ。

「ははは」加門はわざと笑いを放った。

「そんなことを今から気に病むな。起きるかどうかわからないことを案じるのは、むだだ。くよくよしていると、器量が悪くなるぞ」

まあ、と芳乃は顔を押さえる。

加門はその肩をぽんと叩く。

「先のことは明るく考えろ。悪いことは実際に起きてから、対処を考えればいいんだ」

「ええ、そうですとも」母も笑顔になる。

「女はそうして過ごすのが一番。笑う顔が一番の器量よしですよ」

芳乃はそっと顔から手を離す。と、にっこりと笑って見せた。

その作った笑顔に、加門は吹き出した。

第三章　怪《あや》しの影

一

医学所に将翁の声が響き渡る。

「よいか、暑い時期は陽の気が強まる。人の身体も同じじゃ。そして、気は極まれば逆に転じる。この時期に身体の具合が悪くなりやすいのは、そのせいじゃ。それを防ぐためには、偏《かたよ》りすぎないように陰の気を取り入れることじゃ。冷たい水を飲む、身体を冷やす瓜などを食べる、日陰に入って身体を冷やす、夜はきちんと寝る……皆、充分に寝ておるか」

眠たそうな顔を、数人がはっと上げた。

加門も思わず丸くなっていた背中を伸ばす。隣の正吾も頭をぶるぶると振った。

将翁はやはりという顔で、弟子達を見る。

「夜は陰、眠るのも陰、それが不足すれば、ますます陽に傾いていくんじゃ。そのまま極まるところまでいってしまうと、心身が崩れてしまう。普段から我慢強い者は、不満があっても耐えに耐えて、いきなり乱心したりするじゃろう。頑張りすぎれば、ある日、折れることになる。極まる前に、偏りを直さねばならんのだ。具合の悪い患者には、まず、毎日の過ごし方を訊いてみることが肝要じゃ」

「そういえば」正吾が頷く。

「宵《よい》っ張《ぱ》りの父は早寝の母よりも、先に具合が悪くなるな」

正吾がおずおずと手を上げる。

「先生、では秋から冬にかけては、逆にあまり長く寝ないようにすればいいのでしょうか」

「ふむ、そうさな、陰の強まる時期に長時間、寝過ぎるのはよくない。身の内にも陰の気がたまって、気うつにもなりやすくなる。大事なのは、日の出前に起きて、朝日を浴びることだ。朝の陽射しは上質な陽の気ゆえ、気うつを防ぐにもよいのだ」

弟子達は頷く。

そこに響いてきた刻《とき》の鐘《かね》に、将翁は立ち上がった。

「では、今日の講義はここまでにする」

師が出て行くと、皆のざわめきが立つ。加門はそれを縫って、将翁を追った。

私室に入る将翁の背に、

「先生」

と呼びかけ、あとに続いた。

「ふむ、なんじゃ」

胡座の将翁に、加門はかしこまって手をついた。

「実は、お願いがあるのです」

「うむ、言うてみよ」

すでに馴れたこのやりとりに、将翁がにっと笑う。その笑みに加門は気が解《ほぐ》れた。

「大岡越前守《えちぜんのかみ》様のお屋敷にはいつ行かれますか」

寺社奉行の大岡越前守忠相《ただすけ》は、将翁の患者でもある。しばしば薬を持って訪れ、持病の痔疾《じしつ》の治療などを行っている。そして忠相は、利益を度外視するために起きる医学所の窮状を知って、米などを送ってくれている。

「なんじゃ、それか。そなたは以前にも連れて行ったのだから、勝手に行けばよいではないか」

「いえ、それは……なんの役にも立たないのに、お邪魔だけするのは気が咎めます」

「ふむ、遠慮深いやつじゃの。そんなんで御庭番は務まるのか」

はぁ、と苦笑する加門に、将翁は顎を撫でた。

「そうじゃな、では、今日、参ることにするか。どのみち二、三日後には参ろうと思っていたんじゃ」

「よいのですか」

「ああ、かまわん、どうせ急ぐのじゃろう」

将翁の笑みに、加門は恐縮して低頭する。

「そうさな」将翁は庭のほうへ顔を向けた。

「大岡様も夕刻であればお屋敷に戻られるだろう、それまで薬園の手入れでもしておいてくれ」

「はい」

加門は勢いよく立ち上がった。


「こちらでお待ちを」

寺社奉行の役宅の最も奥まった部屋に、加門と将翁は通された。大岡忠相の居室だ。

表で客と会っている忠相を、ここで待つのがいつものことだ。

忠相は南町奉行を務めていた頃の町人に、いまだに慕われている。目安箱の設置に尽力したのも、小石川養生所《こいしかわようじょうしょ》を作ったのも忠相であった。さらに数々の温情あるお裁きをしたことも、皆、忘れていないのだ。

だが、元文《げんぶん》元年、忠相は寺社奉行に任じられ、長く務めていた町奉行から退いた。身分の上では格上とされる寺社奉行であるが、仕事の内容でいえば、町奉行のほうが御政道の中枢に近く、力も発揮できる。寺や神社に関する諸事を管理する寺社奉行は、町方からは遠くなる。

下々《しもじも》に篤《あつ》いあれだけのお方を寺社奉行とはもったいない、とささやれた言葉を、加門は思い出していた。

「そういえば、加門」将翁は小声でささやいた。

「越前様の、お城の件はどうなった」

「お城、とは……」

「そら、越前様がお城の詰所に入れてもらえないと、前に言うておったではないか」

「ああ、あれですか」

寺社奉行は勘定奉行、町奉行と並ぶ三奉行のなかで最も格付けが高い。大名が就《つ》くのが通例で、奏者番《そうじゃばん》を兼ねるのも常だ。

しかし、大岡忠相はもともとの身分もそれほど高くはなく、旗本のままで寺社奉行となった。格式高い奏者番にももちろん就いていない。が、城内の寺社奉行の詰所は、兼任が常であるために、奏者番の詰所ともされている。ために、奏者番でない者は入れぬ、と忠相は拒否されているのだ。

「まだ続いておるのか」

「はい、そのようです」

「誰がそんな意地の悪いことをしておるんじゃ」

将翁の率直な物言いに、加門はうろたえる。

「そ、それは……」

もともとその話は西の丸の小姓頭大岡忠光から聞いた話だ。忠光と忠相は親類で、忠光は年上の忠相を慕い敬愛している。ために身を案じた忠光が、加門にそっと打ち明けたのだ。

「口外はせん、言うてみよ。患者のことを知らんでは、よい治療はできぬからな」

「それは確かに……その、寺社奉行はほかにもお二人いらっしゃるんです」加門は腹を括《くく》って、小声で返す。

「で、お一人が本多正珍《ほんだまさよし》様なのですが、この方は大名で、奏者番を兼ねています」

「本多家か、家康公子飼いの譜代大名だな」

政《まつりごと》には関心を示さない将翁だが、そのあたりはさすがに知っているのだな、と加門は頷いた。

「もう一人は山名豊就《やまなとよなり》様というお方で、こちらは上様がお認めになって、旗本から出世された方です」

「なんじゃ、それでは越前様と変わらんではないか」

「ええ、ですが、山名家は松平家と同格とされているのです。徳川家と同じく源氏《げんじ》の新田氏《にったし》を祖とするとかで」

「なんじゃ」と将翁が声を吐き出した。

「くだらん、血筋だ家格だと、なにをつまらんことを言うておる。だから武家は嫌いなんじゃ」

将翁も阿部家《あべけ》という武家の出ではあるが、それを捨てて医術の道に入ったことを弟子達は皆、知っている。

将翁は加門に顔を向けた。

「それじゃなにか、その本多なにやらが大名風を吹かして越前様を詰所に入れようとせず、山名某《なにがし》がそれに追従《ついじゅう》していると、そういうことか」

「おそらくは……」

加門は小さく頷く。

かぁっ、と気を吐いて、将翁は畳を拳で叩く。

「なんというくだらんことをしておるんじゃ、いい年をしたもんが。腹が立って、血が上りそうじゃ」

「はい、わたしも憤《いきどお》りを感じます」加門も大きく頭《かぶり》を振った。

「ですが、このことは越前様には……」

「ああ、わかっておる。わしの腹の底にしまっておくわい」

ぽんと腹を叩いて、将翁は頷いた。

ちょうど廊下に足音が響いたこともあって、二人は背筋を伸ばした。

「これはお待たせいたしましたな」

忠相が入って来た。

挨拶《あいさつ》を交わし、将翁が忠相の顔色をじっと窺う。

「いかがですかな、お加減は。ちと血色が薄いようじゃが」

「ああ、ここのところ、暑さに負けてかどうにも食が落ちてましてな、そのせいでしょう」

苦笑いする忠相に、

「ふむ、寝付きはいかがですかな」

と、将翁が問う。

「ええ、やはり暑いせいでしょう、寝苦しいですね」

その眉間には、明らかに気苦労の皺が刻まれている。が、将翁は穏やかに頷いた。

「ふむ、この時期はしかたがありませんな、では、この薬も出しておきましょう。暑いといらいらしやすくなりますでな、気を休める薬です」

「これはかたじけない」

将翁の差し出す薬包を受け取って、忠相は笑みを浮かべた。その笑みを、控えていた加門にも向ける。

「宮地加門殿か、久しぶりではないか」

「はい、ご無沙汰《ぶさた》をしております」

頭を下げる加門に、将翁が顎を上げて、前に出よ、と示す。

はい、と膝行して、加門は忠相との間合いを縮めた。

忠相は目元を弛める。

「して、今日はなんの用かの、遠慮はいらぬぞ」

はい、と加門は低頭してから顔を上げた。

「越前様は、まだ公事方御定書の編纂《へんさん》にお関わりでしょうか」

もともとは忠相が南町奉行であった頃にはじまった作業だ。忠相はその中心となるはずだったのが、寺社奉行に転出したことで、立場が変わっていた。

「うむ、随時、参加はしているのだがな、首座様ご指導で北町奉行の石子様と勘定奉行の神尾様が着々と進められておるので、あまりすることはないのだ」

やはり、と加門は腹に落ちた。

忠相を南町奉行から外したのは、老中首座松平乗邑の意図ではないか、と加門は踏んでいた。忠相は温情派だ。だが、乗邑は町方や百姓に容赦がない。ために忠相を寺社奉行として遠ざけ、乗邑と意思を同じくする石子を北町奉行に持ち上げて、さらに容赦のない神尾を勘定奉行につけたのではないか。そうすれば、公事方御定書を厳しい内容にできる……。

加門はひと息吸ってから、口を開いた。

「御公儀の御威信を高める内容となるのでしょうか」

その意図を読んで、忠相は声を低める。

「わたしもできる限り、意見を述べてはいるのだが」

思うようにはならぬ、と忠相の面持ちは語っていた。

その苦渋《くじゅう》を察して、加門は、

「わかりました」と、頭を下げた。

「お邪魔をいたし、失礼いたしました」

その言葉を待っていたかのように、廊下から声がかかる。

「殿、お客人がお見えです」

では、と将翁が腰を上げるのに続いて、加門も立つ。

「すまなんだな」

忠相の言葉に、加門は「いえ」と目を伏せた。

なにに対しての言葉なのか、問いたい思いを抑えて、加門は廊下へと出た。

二

芝の山門の前で、加門は口を開いた。

「ごめん」

天青院と書かれた扁額を見上げながら、返事を待つ。が、内側からは、なんの音沙汰もない。再び声を上げながら、加門は閉ざされた門を押してみるが、こちらも動かない。

「ごめんくだされ」

そう声を高めながら脇戸を押してみるが、これも中から鍵がかけられているらしく、びくともしなかった。

ぐずぐずしていると、黄昏《たそがれ》になってしまう。薄暗くなってから尼寺を訪ねるのは障りがあるだろう、と焦る。

まいったな、とつぶやきながら、加門は白塗りの塀を見回した。と、隅に通用口があるのに気が付いた。小さな戸が付いている。その前に立ち、そっと押してみる。やはり動かないが、隙間から内側の鍵は木の棒が渡されているだけなのが見てとれた。

加門は刀から小柄《こづか》を抜くと、それを隙間に差し込んだ。棒が上がる。

よし……。戸を開けると、加門は塀の内へと入り込んだ。

奥の本堂から、読経《どきょう》と木魚《もくぎょ》の音が聞こえてくる。

千秋はどこにいるのか、わからない。とりあえず庫裏へと近づいて行くと、背後に突然音が鳴った。

振り向くと同時に、脇腹を打たれる。

うっと唸って脇腹を押さえながら、加門は向き直った。

大きな身体の寺男が、棒を手に立っている。

「この不埒者《ふらちもの》が」

そう言って棒を振り上げると、体を曲げた加門に、襲いかかってきた。

横に飛んで、加門はそれを躱《かわ》す。と、長刀を鞘ごと抜いて、掲げた。

身を翻《ひるがえ》した寺男が、再び棒を振り下ろす。

それを鞘で弾いて、加門は大きくうしろに飛び退いた。

「待て、怪しい者ではない」

「なにを言うか」寺男が踏み出す。

「忍び込んだだけで怪しいわ」

棒を斜めに掲げ、寺男が地面を蹴った。と、同時に、

「待て、孫七《まごしち》」

横から声が飛び込んだ。

寺男は勢いを止めることができず、棒を振る。

身を伏せて躱した加門は、声のほうを見た。

慌てて寄って来るのは、警護で訪れた際に言葉を交わした寺男だ。

「権蔵《ごんぞう》殿、知っていなさるのか」

棒を下ろした孫七が問うと、権蔵と呼ばれた寺男は加門の前に立った。

「ああ、お方様に付いて来たお侍だ。怪しい者ではない」

加門はほっとして、身を立て直す。

「はい、わたしは宮地加門と申す者、幕臣です。いや、声をかけたのですが、応答がなかったので、入ってしまったのです。ご無礼しました」

なんだ、と棒を握り直して、孫七と呼ばれた寺男は姿勢を正した。

「それはこちらも、ご無礼を。しかしながら、忍び込む男子は打ちのめすのが決まりでしてな」

「ええ」と、権蔵は加門に向く。

「脇戸の上に小さな鉦《かね》がかかっておりまして、来訪の方にはそれを打っていただくことになっております」

「それは気づきませんでした」

姿勢を正す加門に権蔵は、

「して、どなたをお訪ねですかな。お方様は奥の離れですが、お客人といえど男子はそちらには行くことは許されておりませんでな、お会いになるのなら、庫裏の客間で願います」

「わかりました、お方様お付きの薬師、村垣千秋殿に用があるのですが」

加門の返答に、

「では、お伝えして参ろう」

権蔵は、奥へと歩いて行った。

庫裏の客間で待ちながら、加門は打たれた脇腹を撫でる。と、同時に首を傾げた。孫七は突然、現れた。普通であれば気配を察するはずなのに、なぜ、それができなかったのか……。

「お客人」

その声に、加門は驚いて振り向く。音もなく、孫七が入って来ていた。

「冷たい水です」

大振りの茶碗を置きながら、孫七は頭を掻《か》く。

「いや、打ってしまったのは申し訳ないことです。このあいだも怪しい男がうろついていたもので、つい気が立ってしまって」

「いえ」加門は頭を振りながら、

「怪しい男とは、なんだったのですか」

　孫七は苦笑いを返した。

「いや、よくあるんです。大奥のお方は滅多に来ませんが、大名屋敷の御側室なんぞが来ることはときどきありましてね、そのときには奥女中が付いて来ますから、それを覗こうとする輩《やから》が出るんですわ」

「へえ、そうなのですか」

「はい、奥女中が出て行くのはかまわないですが、男が入るのは御法度《ごはっと》なもので」

「出て行ってもいいんですか」

　驚く加門に、孫七はにやりと笑って頷く。

「そりゃ、こっそりとです。慕い合う相手がいるお女中などは、ここぞとばかりに、男と逢《あ》い引《び》きもしますんで。まあ、物陰で少し手を取り合う程度ですがね」

　へえ、と目を丸くしつつ、加門ははたと、顔を引き締めた。

「まさか、こたびの奥女中も、そんなことをしているんでしょうか」

「ああ、いや……まあ、そうですね、一度、見ましたね。夕刻にこっそりと木戸を出て行って、男と会ってるのをちらりとね。いや、わざわざ覗いたわけじゃありませんんよ、それは我らの役目じゃないんで」

「皆さんの役目は境内の警護、ということですか」

「はい、そういうことで」

きまりが悪そうに笑う孫七に、加門は真顔になる。

「その出て行った奥女中は誰だかわかりますか」

「ええ、庫裏で賄いをしている菊乃《きくの》というお女中ですよ」

「相手の男は見ましたか」

警護をしたおりに、見かけた男の影が思い出される。

「いや、そこまでは。よくあることですし……ただ、前の日に見かけた怪しい男に似ていたような気がしたので、気になって覗いたわけです」

そう言いながら、孫七が顔を廊下に向けた。

足音が近づいて来る。と、まもなく千秋が現れた。

「ああ、それじゃわたしは」

孫七がぺこりと礼をして出て行く。

千秋もそれに礼を返して、加門の向かいに座った。とたんに、ふふと笑いをもらす。

「今の孫七さん……いえ、ここの寺男さんは皆、昔、隠密だったそうですよ」

「隠密」

「はい、こちらの大名のお国許で、お仕えしていたそうです。隠居なさった方々から選ばれて、江戸に参ったそうです。孫七さんは話し好きで教えてくれました」

くすくすと笑う千秋を見ながら、加門は「なるほど」と腑に落ちていた。気配を消すのは慣れているというわけか……。

「まあ、すみません」千秋が笑みをしまう。

「お役目でしたね」

改まる千秋に、加門も合わせる。

「ええ、その後、お逸の方様のごようすはどうですか」

「そうですね、特にお変わりはありません。ただ……」千秋は小声になる。

「ご小用に行かれるのが増えました」

加門の眉が寄る。

「水は多く飲まれますか」

「ええ、暑いせいか、それもあります」

「食は、どうですか」

「そちらは変わりません。残されることが多いのですが、それははじめからそうでしたから」

ふうむ、と加門は腕を組む。

「今、孫七さんから聞いたんですが、お方様の食事は庫裏の奥女中が作っているそうですね」

「ええ、お寺の皆さんの食事は寺男さんが作っていますけど、お方様御一行の食事は、二人のお女中が作っています。そういえば……」

千秋が膝行して、加門との間合いを詰めた。

「一人のようすが少し、気にかかるのです。妙に気を張っているような……」

「菊乃殿ですか」

「あら、はい、そうです」

千秋の驚きをそのままに、加門は唇を嚙む。

これはもしや……。加門は立ち上がると、千秋を見下《みお》ろした。

「わかりました、引き続き、よろしくお願いします」

「はい」

という返事を背中で聞いて、加門は客間を出た。

医学所の裏口から、加門は入って行った。

夕刻の今は診療も終わり、外からの者はいない。

加門は庭を突っ切る。その先にあるのは台所だ。将翁らはその隣の間で食事を摂《と》るのが常だった。

「こんばんは」

明け放たれた縁側から、加門は声をかけた。膳を前に、将翁と海応が座っている。

「おう、加門か、どうしたこんな時刻に。上がってよいぞ」

将翁の言葉と同時に、加門は上がり込む。

「夕餉が残っているかもしれん、食うか」

将翁の笑顔に、加門は首を振った。

「いえ、そばを食ってきましたので」

加門は、向かい合う二人の横に座ると、海応を見た。

「実はお教えいただきたいことがあって、参りました」

目を向けられた海応は、

「む、わしか、なんじゃ」

と、向きを変える。

「はい、懐妊した女人は小水の回数が増えるものでしょうか」

「ああ、増えるぞ。頻尿《ひんにょう》といってな、懐妊してまもなくそうなる女《おなご》もおる。あと、子が育って腹が膨らんでからは、もっと多くなるな。腹が押されて小水が出やすくなるんじゃ。なんじゃ、このあいだ話していた女か」

「はい、身近に付いている者から聞いたのです」

「ふうむ、そうか。それは不思議ではないな」

そうですか、と加門はつぶやきつつ、胸の内に引っかかるものを拭えないでいた。

「身体に悪い、ということはないのですか」

「普通に起きたのであれば、悪いことではないがのう」

海応の言葉に、将翁が顔を上げた。加門をちらりと見る。

「そうさな、普通ではない、と考えれば、たとえば合わない薬を飲んでそうなったのならば、よい症状ではないな」

「合わない薬」

加門は口中《こうちゅう》でつぶやくと、すっと立ち上がった。

「ありがとうございました。お邪魔をしました」

三

芝、天青院。

加門は黒く塗った顔に手拭いで頰被《ほっかむ》りをした。股引《ももひき》に尻ばしょりの姿で、前後に桶の下がった天秤棒《てんびんぼう》を担ぐと、山門の内側に向かう。

桶を下に置くと、中の黒渋《くろしぶ》を刷毛《はけ》につけた。黒渋は柿渋に松木を焼いて出た黒い煤《すす》を混ぜた物だ。煤に膠《にかわ》を加えれば墨になる。

加門は黒渋を門の板に塗りはじめた。

黒渋は木材の塗料として使われ、塀や腰板、門などに塗られる。見た目もよく、防虫、防腐の効果も得られるため、武家のみならず寺社や町屋でも用いられている。武家は新年の前に塗り直すが、それ以外は乾きのよい時期に塗るのが普通だ。

加門はゆっくりと塗っていく。昨日もやったために、少し要領がつかめてきている。

昨日のこと。

加門は黒渋屋に姿を変えて、天青院の山門前に立った。

権蔵に教えられた小さな鉦は脇戸の横に見つかったため、それをカンカンと鳴らし

た。内側から、

「どなたかな」

という権蔵の声が返ってきたため、加門は大声で答えた。

「黒渋屋です」

「黒渋……ならば、通用口へ」

加門がその前に立つと、戸が開いて、権蔵が現れた。

「ちょうどいい、塗ってほしいところがある」

そう言いながら加門を中に入れると、顔を凝視《ぎょうし》してあっと言う声を上げた。

「そなた、宮地加門殿ではないか」

加門は頬被りを取ると、にっと笑って小声になった。

「さすが元隠密。実はわたしも似た役目なのです。実はお願いがあるのです」

加門が耳打ちをすると、権蔵はううむと唸りながら頷いた。

「わかりもうした。黒渋屋ならば、境内にいても怪しまれますまい。なれど、力を貸すことはできませんぞ。我らの役目はあくまでも境内を守ることですのでな」

「はい、入れてくださるだけでけっこうです」

そう言って、加門は境内に入ることを許された。

昨日は午後から暗くなる前まで、黒渋塗りをした。が、なにも起きなかったために帰り、今日、再びやって来たのだ。

薄く色あせた黒渋を、加門は塗り直す。

離れや庫裏から出て来た奥女中がこちらを見ることもあるが、誰も加門だとは気づかない。

少しずつ、日は傾き、風も夕方の涼風に変わってきた。

権蔵が庫裏から出て来て、こちらにぶらぶらと歩いてくる。

「捗《はかど》っておりますかな、黒渋屋殿」

薄い笑みを浮かべて横に立つと、そっとささやいた。

「孫七から、奥女中の菊乃殿のことは聞かれたのでしたな。わたしも実は気づいておったのです」

「そうなのですか」

「ええ、元の役目が役目ですからな」権蔵がにやっと笑う。

「ですが、よけいなことに関わらぬのも今の役目のうち」

権蔵はゆっくりと空を見上げる。

青い空の西側が、うっすらと茜《あかね》がかった色に変わりはじめている。

加門もつられて空を見上げる。と、その耳に、鳥の鳴き声が聞こえてきた。

「ほっほー」

みみずくのような声だ。

「来ましたよ」

権蔵がささやく。

加門が身構える。

「なんです」

「先日もあれが鳴いたんです。そうしたら菊乃殿が通用口からそっと外に出て行きました」

権蔵は歩き出すと、ちらりと目を庫裏に向けて、加門に頷いた。

加門も頷き返し、山門の前で庫裏を窺う。力は貸さぬと言いつつも、同業の好《よしみ》で教えてくれたに違いない……。加門は刷毛を置くと天秤棒を縄から抜いた。この棒は仕込み刀になっている。

庫裏から女が出て来た。菊乃に違いない。

通用口から外に出て行くのを確かめて、加門は仕込み刀を手にそのあとを追った。

外に出ると、菊乃が塀沿いに歩いて行く姿が見えた。

山門の開いた寺に入って行き、そのまま奥の墓地に向かう。

木の陰から窺うと、菊乃と向かい合う男の姿が見えた。若い男だが、浪人ふうだ。

男がなにかを手渡し、菊乃はそれを懐に入れた。と、すぐに踵《きびす》を返すと、こちらに向かって小走りになった。

しまった……。加門は慌てて墓石の陰に身を引くが、やって来た菊乃がそれに気がついた。

「きゃっ」

墓地だけに驚いたのだろう、大きな声を上げて、立ち止まった。同時に、男もこちらを向く。

「なにやつ」

男が睨む。と、こちらに向かって走り出した。

走りながら抜刀する。

加門も仕込み刀を抜いた。

刀を手に男と向き合いながらも、加門は目を菊乃に移した。

「菊乃殿、そなた、誰の命《めい》で動いている」

加門の問いに、菊乃は口を震わせる。

加門はじり、と横に足を滑らせ、菊乃に寄った。

菊乃はあとずさりながらも、睨《ね》めつける加門から目を離せないでいる。と、その目が見開いた。

「あ、もしや、加門様……」

加門は目顔で頷く。

菊乃は唇を震わせつつ、動かした。

「わ、わたくしは……」

「黙れ」

男の怒声が飛ぶ。

その声とともに、足が地を蹴り、男の身体が浮いた。腕が上がり、下りる。

刀が、菊乃に振り下ろされた。

声にならない声が、菊乃の喉から洩れる。

首が切り裂かれた。

そこから噴き出た血に、着物の肩が染まっていく。

目が加門を見た。が、そのまま身体が崩れ落ち、倒れていく。

「なにをするっ」

加門が刀を構え、男と向き合う。

ふんっと、鼻を鳴らし、男もこちらを向いた。

「きさまも死ね」

柄《つか》を握り直すと、正眼《せいがん》に構える。

加門は周囲を見た。

立ち並ぶ墓石のあいだを目で計る。

「ええいっ」

男が腕を振り上げ、踏み込んでくる。

加門は横に跳び、石の陰に入った。男がそのまま進み、横を通り過ぎた。

そこに飛び出し、加門は背後に立つ。

「こやつ」

振り向いた男の眼前に、加門は切っ先を突きつけた。

「そなた、誰の手下《てか》か」

加門の問いに、男はじりじりを身体を回す。

「うしろに立つなど、卑怯《ひきょう》なやつめ」

ふんと笑うような男の顔に、加門は睨みを返す。

「娘を斬る卑怯者よりはよかろう」

そう言いながら、切っ先を鼻につける。

「言え」

ふん、と男はいきなり上体を落とした。

下から、白刃を振り上げる。

加門はそれを上から抑え込んだ。

ぎりぎりと合わさった互いの刃が、同時に離れる。身体もそれぞれに飛び退いた。

加門はぐっと仕込み刀の柄を握り直した。白木に刻みを入れただけの柄は、滑りやすい。が、滲《にじ》み出る汗がちょうどよい滑り止めになった。

男はすいと白刃を上げた。

西日が白銀に反射する。それがきらりと光った。

「てぇいっ」

声とともに、男が斬り込んでくる。

加門は上体を斜めにして、それを躱す。と、そのまま身体をまわして、刀を振り上げた。

男の振り下ろした刃を弾く。

加門は大きく飛び退いた。構え直したところに、男が斬り込んで来る。

加門はくるりと反転すると、横から刃をまわした。

刃が男の首に、食い込む。

一瞬、止めた手を、加門は大きく引いた。

刃が男の喉を切り裂いた。

水音のような音を洩らしながら、血が噴き出る。

男の膝が、ゆっくりと折れた。

膝は地面につき、男の身体が傾いていく。

加門は身体を曲げて、男の顔を見下ろした。

「誰の命《めい》か、言え」

見上げる男は、にやりと口元を歪めた。

言う、か、と音にはならないままに口が動く。と、そのまま地面に倒れ込んだ。その目は加門からそれて、宙を見る。

加門は大きく息を吐いた。同時に仕込み刀をしまう。

その耳に、人の気配が届いた。

寺の表のほうから、人の声が聞こえてくる。

まずい、誰か来る……。加門は慌ててしゃがむと、菊乃の懐に手を入れた。

渡されていた包みがそこにあった。

それを己の懐に入れると、加門は周囲を見回した。

三方が塀に囲まれていて、逃げ口はない。塀の向こうはそれぞれに別の寺だ。

表から人のざわめきが近づいて来る。

どうする……。考えながら、加門は奥へと走り出した。

行く手に松の木が見えた。

よし、あれだ……。

加門は木の枝に飛びつくと、身体をまわした。

反動をつけて、塀に飛び乗る。

隣の境内も墓地だが、少し先は裏庭になっている。

塀の上を走り、加門はその庭に飛び降りた。


「ごめんください」

加門が医学所の裏から入って行くと、将翁は苦笑した。

「なんじゃ、また来たのか、今日こそは夕餉を食べていくか」

「はい、いただきます」

上がり込んだ加門の声に、奥から海応も出て来る。

加門は二人の前でかしこまると、懐から紙の包みを取り出した。

「これを見てください、薬だと思うのですが、わたしは見たことがないものなので」

大きな包みを開くと、中には同じ小さな包みがいくつも入っていた。その一つを開くと、加門は二人の前に差し出した。ひからびた塊《かたまり》が数個、現れた。

「ほお、これは藤擬《ふじもどき》じゃな」

将翁が一つをつまみ上げると、海応もそれに倣う。

「ああ、そうですな、藤擬の蕾《つぼみ》じゃ」

「藤擬……やはり薬なのですか」

加門の問いに、将翁が頷く。

「そうよ、藤のような花が咲く木でな、花や根を煎じるんじゃ。痰《たん》を切るし、利尿《りにょう》の効果があるのでな、浮腫《むくみ》がとれる。特に薬効が強いのが蕾なんじゃが、蕾は、薬効というよりもむしろ毒が強い」

「毒、ですか」

目を見開く加門に、海応も頷く。

「おう、多く服《の》ませれば痙攣が起きて息が止まるほどよ。少し服んでも、子が流れてしまいよる」

「子が……」

「ああ、藤擬は子を流す毒があるのでな、少しでもよほど気をつけて扱わんといかんのじゃ。だから、普通は使わん」

加門も蕾をつまむと、改めてそれを見つめた。

「これを煎じて料理に使えば、知らずに服んでしまうことになりますね」

「そうじゃろうな。これはどこで手に入れた、件《くだん》の女人の所か」

海応の問いに、加門はうろたえる。大奥のことを話すわけにはいかない。

それを察して、将翁が助け船を出した。

「御子が生まれると困る御仁がおるということじゃな。まあ、珍しいことではない。清《しん》で学んだときに、あちらの後宮《こうきゆう》でも使われてきたと聞いたことがある」

ふうむ、と海応が顔を歪める。

「薬をそのように使うとはのう、まったく、人は鬼よりも恐ろしいわい」

加門は蕾を指でほぐす。

「これを飲むと小水が増えるわけですね」

「ふむ、そうじゃの」将翁が顎を撫でた。

「懐妊している女人が飲めば子が流れるが、懐妊しておらねば頻尿になる。少しの量であればその程度ですむ、ということじゃ」

三人が目を見交わす。

加門の頭の中で、いくつもの考えが交差した。子が生まれると困る御仁……。幾人かの顔が浮かんでは消える。誰だ……。加門は唾を呑み込んだ。

四

窓を開けて、加門は朝の光を家の中に入れた。

いつもの普段着ではない、家紋の入った着物を取り出す。それに袖を通し、帯を締めたときに、表から声がかかった。

「加門、いるか」

開けていた戸口から、意次が入って来る。

「ああ、どうした朝早くに……」言いかけて、加門は腑に落ちる。

「これから西の丸に出向こうと思っていたのだ、上がれ、二階に行こう」

ああ、と加門に続いて意次も階段を上る。

「やはりそなただったか」向かい合って早々、意次が口を開く。

「昨日、天青院に付いていった奥女中が殺されたという知らせが来た。浪人の死体もあったそうだ」

「ああ、浪人を斬ったのはわたしだ、女中の菊乃殿を斬ったのはその浪人だ」

「そういうことか」

「実はな……」

加門は事のいきさつを話す。意次の顔が聞くにつれて歪んでいった。

「では、お逸の方は子を流す薬を盛られていたというのか」

「ああ、だが誰の命《めい》でしたことなのか、二人とも最後まで口を割らなかった。浪人の素性《すじょう》はわかったか」

「いや、番屋に運ばれて調べられたらしいが、身許を示す物はなかったという話だ。おおかた金で雇われたのだろう。だが、一方は西の丸の奥女中だからな、公にならぬように大岡忠光様が手を打つと言っておられる。それに場所がよかった……」

意次の小さな笑みに加門も頷く。

「ああ、見つけたのも寺の者らであったし、吟味《ぎんみ》をするのは寺社奉行だ。大岡越前様に、忠光様から事情を話してくださるそうだ。大事にはなるまい」

「そうか、安心した」加門は肩の力を抜く。

「西の丸の評判に傷がつけば、つけこまれかねないからな」

息を吐く加門に、意次も頷く。

「うむ、家重様廃嫡の口実を作ることになってはまずい。油断はならぬということが改めてわかったしな」

「ああ」

二人の目が頷き合う。

「しかし……誰だと思う」

加門の問いに、意次が首を傾げる。

「家重様の御子を疎《うと》ましく思う者、か。今はお幸の方様も考えられるが、そこまでのことができるかどうか」

「うむ、大奥の中で女中を操ることはできるだろうが、浪人を雇うことは難しいだろう。わたしはそれはないと思う。だとすると、松平乗邑様か……」

「寺だったからな」

「田安屋敷の宗武様……」

「弟の一橋家の宗尹様はどうだ」

　宗尹は宗武と仲がよい。宗武が家重を排して将軍の座に着けば、宗尹に出世の道が開けるのは間違いない。

「ううむ、考えられる線ではあるが、そこまでする度量があるかどうか……意誠《おきのぶ》の話を聞いていると、宗尹様はうまい話に乗じようという気はあるようだが、危険を冒すほどの野心はないように思えるのだ」

　意次の二歳下の弟意誠は、宗尹の小姓として仕えている。

　むむ、と二人の眉が寄る。

「いや、それを探索するのがわたしの役目、突き止めてみせる」

　加門が背筋を伸ばすと、意次も頷いた。

「頼むぞ。家重様には、わたしから仔細《しさい》を伝えておく」

「そうか」

「ああ、それがわたしの役目だ。そなたは医学所に行かねばならぬのだろう」

「うむ、そうだな、休むつもりだったが、それならば医学所に行って、百姓宿にも行けるな」

「百姓宿……なにをするのだ」

「ああ、佐倉から来た百姓を治療しているのだ」

「佐倉」意次が首を伸ばす。

「佐倉とは下総《しもうさ》の佐倉藩か、あそこは松平乗邑様が藩主であろう」

「うむ、そうなのだ、まあ、それは偶然なのだがな」

加門は、これまでのいきさつを語る。

「ほう、では、追って来た藩士に斬られたのか」

「ああ、そうらしい」

その言葉に、意次はすっくと立ち上がった。

「そこは午後に行くのだな」

「ああ、医学所が終わってから、薬を持って行くつもりだ」

「では、わたしも連れて行ってくれ」

ええっ、と加門も立ち上がった。

意次が頷く。

「佐倉藩のことならば、わたしも知りたい。失政があるのなら、藩主の弱みを握れるからな」

西の丸にとって、松平乗邑は天敵《てんてき》に等しい。

「ああ、わたしもそれがあるゆえに、よけいに気になっていたのだ」

そう返す加門に、意次が頷く。

「よし、ではとりあえずお城に報告をしに行く。そなたが医学所から帰ってくる頃に、また戻って来るからな」

そう言うと、勢いよく階段を下りて行った。

昼過ぎ、医学所から戻って来た加門は、戸口が開いているのを見て、家に駆け込んだ。

「待ったか」

「いや、今し方来たところだ」

意次は微笑みつつ、そっと声を落とす。

「佐倉から来た百姓の件、家重様に申し上げたら、話をよく聞いてくるようにと言われた。加門にもその者らを助けるように伝えろ、と仰せになられてな、これでこの一件は御下命になったわけだ」

「そうか、そうなると気は抜けぬな」

加門も小声で返すと薬箱を引き寄せた。医学所からもらってきた薬をしまい、

「では、行こう」

と立ち上がる。

連れ立って馬喰町を目指しながら、小声を交わし合う。

「しかし、百姓を斬った藩士は殺すつもりだったのだろうか。それとも、脅しか」

意次の問いに、加門は、

「殺すつもりだったはずだ。傷が深かったからな」

「領民を斬るとは、どういうつもりだ」

「ああ、だが、佐倉だからな。またかってのようなことが起きるのを怖れて、封じようと考えたのだろう」

「佐倉騒動か。わたしも子供の頃、『地蔵堂通夜物語』を父に読まされた。地蔵堂に泊まった僧の前に夫婦の亡霊が現れて、昔語りをする、という話だったな」

「ああ、佐倉宗吾《そうご》と妻が怨霊《おんりょう》となって顚末《てんまつ》を語る……わたしはつい最近読んだばかりだ。怨霊とは穏やかではないが、騒動のあと祟《たた》りが起きたという話が、当時はずいぶんと広まったらしいな」

「うむ、それほど民の怒りが強かったということであろうよ。実際、あれはひどい話

だ……」

佐倉騒動が起きたのは、三代将軍家光から四代将軍家綱《いえつな》の時代だった。

当時、藩主を務めていた堀田上野介正信《ほったこうずけのすけまさのぶ》は、父が家光の寵臣《ちょうしん》であったために老中の職を得て、恣《ほしいまま》に権力を振るっていた。藩の家臣らにもその風潮が及んでか、領内では民百姓への横暴が蔓延《まんえん》。年貢米を計る枡《ます》を大きく作り変え、割増分を掠《かす》め取るなどという違法行為が横行していた。

年貢は増やされ、普請《ふしん》や荷役などの課役も増やされたため、百姓は困窮し、田畑を売っても立ちゆかないという事態になる。土地を売り、家を売り、家財を売り、着物まで売る。それでも年貢の取り立ては厳しく、払えなければ手鋌《てじょう》や縄をかけられる。その過酷さに耐えかねて、土地を離れて逃げ出す者も多く出た。七百数十人が村を捨て、寺の僧侶すらも逃げ出して、無人となった寺院が十一を数えるほどであった。

しかし、逃げ出したものの食べていけずに、道で餓死《がし》する者も珍しくなく、盗賊や追い剝ぎと化す者も出た。

さらに村に残った者は、逃げた者の分までを負わされることになり、負担がさらに大きくなってゆく。

この事態を改善しなければ生きていけぬ、と佐倉の名主らは行動を起こした。村役人に訴えるが相手にされず、佐倉城にも赴《おもむ》く。藩の重役らにも訴えるが、やはり聞く耳をもたれないままだった。

だが、なんとかしなければ先がない。江戸藩邸に行って訴えよう、と話がまとまり、名主らが江戸に行くことになる。そのうちの一人が木内惣五郎だった。

一行は船橋《ふなばし》から船に乗り、江戸へと着く。佐倉藩江戸上屋敷に着き、窮状を訴えるが、そこでの対応も領内と同じだった。

窮した名主らが話し合った結果、最後の手段として上がったのは将軍への直訴《じきそ》だった。その直訴役を買って出たのが、惣五郎だった。

直訴は実行され、訴状は将軍の手に渡った。

しかし、それは家臣に渡され、次々に手を経ていく。最後に渡されたのが、佐倉藩主堀田正信の手だった。

面目をつぶされた堀田は、家臣を叱責《しっせき》。が、家臣らは惣五郎を悪者に仕立て上げる。堀田の命《めい》で惣五郎と妻は磔《はりつけ》にされることとなった。夫婦のみならず三人の男児も死罪となり、夫婦の目の前で、まず幼い子らが殺された。そして、惣五郎と妻が、人々の前で磔にされ、槍で突き殺されたのである。

その一件は人々に瞬く間に知られ、そのせいもあってか、領民への圧政は多少の改善を見た。木内惣五郎は佐倉宗吾として知られるようになり、語り継がれ、本や芝居にもなっていく。

一方、藩主の堀田にはお咎めがなかった。が、幼子までをも殺した堀田の評判は城内のみならず、広く世で落ちた。そして、そこで起きたのが堀田の乱心だった。公儀に無断で、佐倉城へ馬で駆け戻ったことが乱心とみなされ、改易《かいえき》となったのである。堀田は他家預かりとなったが、そこでも無断外出という法度を犯し、配流《はいる》となる。配流先では刃物いっさいを取り上げられていたが、将軍家綱の死を知って、鋏《はさみ》で喉を突き刺して死を遂《と》げた。

人々は、堀田の騒動以降の人生を、宗吾の祟《たた》りと噂をしたという。

「まあ、どこまでが本当のことかはわからんがな」

加門の言葉に意次が頷く。

「ああ、直訴の年もいろいろな説があるな。怨霊や祟りはいかにもな話だし」

「うむ、だが、宗吾がいたことは確かだし、佐倉藩内の圧政も事実だったろう」

頷き合いながら、二人は宿に着いた。

宗兵衛らの部屋に入ると、三人が意次を怪訝そうに見た。

「ああ、こちらはわたしの幼馴染みなのです」

加門の言葉に、意次も、

「沼田龍之助《ぬまたりゅうのすけ》と申す」と偽名を言う。

「幕臣とは言っても役のない小普請組でしてな、いつかお役を得たときのために見聞を広げているのです」

西の丸の小姓という素性を軽々に明かすわけはいかない。

「へえ、さようで」

小普請組といっても要領を得ない三人は、若い意次に不審を抱くこともなく領く。

「よくわかりませんが、幕臣ってえことは、お役人に話が付くってえことですかい」

耕作の問いに、意次が苦笑いで首を振る。

「いや、申し訳ないが、そういう力はなく……だが、聞いておけば、いつか役に立てるかもしれないと思うたので、こうして付いて来たのです。よかったら、お国の話を聞かせてください」

へえ、とがっかりした面持ちになりながらも、耕作はかしこまった。

「いや。なら、こっちも聞きてえことがあるんで、ちょうどいいです。まずはなにから話しゃあいいんで」

「そうですね、お国で困っていることなどを教えてください」

「そりゃぁ、いっぺえありすぎて」多吉が口を開く。

「けんど、年貢が増やされたのが一番の難儀でさ。豊作の年も凶作の年も同じにされたもんで、結局、納める量が増えるばかりで。娘が生まれれば、あっという間に成田《なりた》行きでさ」

「成田に売るということですか」

「へえ、近場に成田山新勝寺《なりたさんしんしょうじ》ってえ、大きな寺があるもんで、人がいっぱい来ますからね」

「成田詣《もう》でですね」加門が頷く。

「三日ほどかけて遊びに行ったという話をよく聞きます。寺の周辺には宿や料理茶屋がたくさんあるそうですね」

「なるほど」意次も頷く。

「旅籠があれば飯盛女《めしもりおんな》も置けるし、料理茶屋では遊女や芸妓も抱えられる、というわけか」

「へえ」多吉が顔をしかめる。

「だもんで辺りの村の娘は、簡単に売れるんでさ。そんでも食えなくなって、こっそり村から逃げ出す者《もん》もあとを絶たねえ。村にいても生きていけねえからな」

「それは……」

意次と加門が顔を見合わせる。

「へえ、そういうこってす」耕作が顔を歪めて笑った。

「だもんで、なんとかしてえと思うけど、村役人に言ってもむだ、お城に行って訴えてもむだ。前に江戸藩邸に行った名主もいたけど、それもやっぱしむだだった。宗吾様の頃と、なにも変わらねえってこってす」

「ああ」宗兵衛が眉を寄せる。

「なんで、おらの土地はこう藩主様にめぐまれねえんだか……老中といえば御政道を操るえらいお人なんだろうに、いっつもおれらは難儀するばかりだ」

意次の眉が曇る。加門も神妙に、三人が語る村の困窮ぶりに耳を傾けた。

「それで江戸に……」意次が眉を寄せる。

「しかし、藩士は皆さんの江戸行きを知っていたんですか」

「へえ、そりゃ……前に江戸藩邸に訴えに行った名主は、戻ってからほかのことで難癖をつけられて、叩きの罰を受けやした。江戸から国許にお叱りが来たんでしょう。

それからは、訴えの前につぶそうと、おれらの動きに目を光らせてやす」

耕作の答えに、多吉がつなげる。

「だもんで、気をつけて、村からは船で印旛沼《いんばぬま》を渡って出たんです。そっから佐倉道に出れば、成田詣での人がいっぺえいやすから、手出しはできねえと思って」

「ほう」意次が目を見開く。

「その印旛沼というのは大きいんですか」

「へえ、長く繋がっていて、広い沼でさ。漁もできるし、田の水も引ける、おれらにとっちゃ大事な沼で」

耕作の頷きに、意次が問いを重ねる。

「それでも藩士に付けられた、と」

「へえ、船に乗るときに侍がいたのを見たんですけど、そいつが佐倉道に先回りしてやした。そのあと、ずっと付いて来て、狙ってるのがわかったんでさ」

「だから、また船に乗りゃあよかったんだ」多吉が言う。

「成田詣での人らは、行徳《ぎょうとく》から船に乗るんでさ。船で江戸に入れば、襲われねえですんだんだ」

「しょうがねえだろう、銭がねえんだから。村の者から借りて来たってえのに、むだには使えねえ」

宗兵衛は多吉に叱責をして、加門らに向き直る。

「そんだもんで、いったん侍を撒《ま》いて、太日川《ふといがわ》（江戸川）を渡ったんでさ。で、次に、中川《なかがわ》を渡れば江戸はすぐそこってとこに来たんですが」

「その手前で襲われたと」

意次の問いに、宗兵衛が頷く。

「へえ、川近くなって、人気《ひとけ》のなくなったとこで、隠れていた侍がいきなり出て来て、斬られました」

「けんど、大声を上げたら、近くの百姓衆が飛んで来てくれて、助かったんで」

そう言う多吉に耕作も続ける。

「へえ、それで中川を渡ったら、今度は砂村の百姓衆に助けられて、先生のとこを教えられたんです」

なるほど、意次は加門を横目で見る。

「この先生は親切だからな、運がよかった」

よせ、と加門は苦笑しながら、口を開く。

「その後、あの藩士は現れませんか」

「へえ、おらも町に出るときには頬被りをして、見つからないようにしてまさ」

「ああ、おらも気をつけてますんで」

多吉と耕作が続けた。

「見つからないように、あまり出歩かないほうがいいでしょう。斬り口からして、殺そうという意図がはっきりと読み取れます」

加門が重い口調で言うと、二人は神妙に頷いた。

「あのう」

物問いたげな面持ちで、宗兵衛が意次に向く。が、そこに夕刻を告げる鐘の音が鳴った。

「おっ、いかん、戻らねば」意次が腰を上げる。

「また参るゆえ、その折にそちらの尋ねたいことを聞きましょう。今日のところは申し訳ないが……」

「ああ、そんならいいです」

宗兵衛が手を振る。

「わたしは残って傷を診てゆく」

加門の言葉に、意次が頷く。

「では、また来る」

ひらりと背を向けて、意次は出て行った。

五

芝、天青院。

千秋は小さな盆を両手に、離れの部屋に入った。

「お方様、ご覧ください、権蔵さんが無花果《いちじく》を採ってくださいました」

熟《う》れた実が並んだ盆を、そっとお逸の前に置く。

「御膳をあまり召し上がれないのでしたら、せめて、無花果の実を召し上がってくださいませ」

千秋はお逸の前に置かれた膳を見る。元より食が細かったが、さらに箸が進まないようになっていた。庫裏にいた奥女中の菊乃が斬り殺されたのを聞いてからだ。

「菊乃が不憫です。なにゆえ、そのような男と関わりを持ったのでしょう」

それを知らせた西の丸の使いは、菊乃が浪人に恋慕《れんぼ》され、相対死《あいたいじに》の相手としてむりやり殺された、と告げていた。

「ええ、本当に」千秋は頷く。

「親御様もお気の毒でございます」

そう言いつつ、千秋は別の思いを胸に秘めていた。

あの姿は加門様だった……。山門の内側を黒く塗っていた黒渋屋の姿が目の奥に甦《よみがえ》る。もしや、菊乃さんの死に関わったのでは……。そう思うと、役目の重さを改めて噛みしめ、口元が歪む。

「千秋さんも無花果を、召し上がれ」

お逸が無花果の皮をむきながら微笑む。

「いえ、わたくしは御膳をすべていただきましたから。無花果はお方様がどうぞ」

微笑み返す千秋に、お逸は、

「千秋さんは欲がないのね」そう笑んで、首を傾げた。

「お家には跡継ぎがおられるの」

「はい、兄がもう父のあとを継いで、出仕しております。加門様に比べればずいぶんと劣る兄なのですけれど、なんとか家督を継ぐことが許されました」

苦笑する千秋に、お逸も目元を弛める。

「そう、なれば婿を取らずともよいのね。千秋さん、許嫁《いいなずけ》はいらっしゃるの」

え、と千秋はあわてて手を振る。

「おりません」

「そう、なればどうかしら、わたくしに付いてくださらないかしら」

「は……それは、この先も、ということでしょうか」

「ええ、大奥に入っていただけないかしら」

お逸の言葉に、千秋は目と口を丸くした。

「え……それは……いえ、わたくし、大奥など、とても無理です」

手を振る千秋に、お逸がずいと膝行して間合いを詰める。

「いいえ、千秋さんならば大丈夫。利発だし気遣いも細やかだし、わたくしの心も汲んでくださる。それに、上様の信を受けている御庭番の家の出ですもの。加門殿も御役を任せるほどに信頼しておられるのだし。そなたに付いてもらえれば、わたくし心強くなります」

「あの、されど……」

胸の前で振る手をお逸が握る。

「ね、そなたなら大奥でもよい仕事ができます。才があるのだから、生かさねばもったいないと思いませんか」

「いえ、才など……」

戸惑う千秋の手を、お逸はゆっくりと離した。

「いえ、そうね……いきなり言うて驚かせてしまいました。なれど、わたくし、心から願っているのですよ。会った当初から、よい娘御だと思うていたのですもの」

そんな、と千秋は首を振る。

お逸は細い息を吐いた。

「大奥はさまざまな思惑が糸のように絡《から》まっていて、気を張るのです。お幸の方様のお女中が、こちらをいつも探っているし、そればかりか……」お逸は声を落とす。

「本丸や田安家に通じる者もいるらしいのです」

千秋は上げそうになる声を呑み込んだ。

「そ……そうなのですか」

「ええ、それは古くからいる大奥の御右筆《ごゆうひつ》から聞いたのです。本丸の老中首座様や田安様は、西の丸を疎ましく思われているので、大奥で子が増えるのも望まれぬそうです」

「あ、それは……」

千秋もそのことは、家で父と兄が話すのを聞いていた。

お逸は眉を歪めて頷く。

「ですから、大奥ではうかつなことは言わぬように、お付きの女中といえど気を許さぬように、と忠告されたのです」

まあ、と千秋は言葉にならないままにつぶやいた。そのような場で暮らしていれば、気の置けぬ相手がほしいと願う気持ちはわかる。心細げなお逸に、否《いな》、と言うのがためらわれた。

沈思する千秋の手に、お逸がそっと触れる。

「急がずともよいので、考えてくださいね」

千秋は小さく頷いた。と、場を繕うように微笑んだ。

「お茶を淹《い》れて参ります。お菓子も持って参りましょう」

腰を上げる千秋に、お逸は元いた場所へと戻った。

次の間に足を踏み入れた千秋は、ふとそれを止めた。お逸の小さな声を、背中で聞いたからだ。

振り返ると、お逸が身体を折っていた。手を腹に当てている。

「お方様」

戻った千秋がその顔を覗き込む。

お逸の頬から赤味が消えていた。

日本橋《にほんばし》の道を、加門は立派な造りの店の看板を見上げながら歩いていた。この辺りには薬種問屋が多い。一番端の問屋まで行くと、加門はその中に入った。

「いらっしゃいまし」

すぐに手代達が声をかけてくる。

加門はやや年配のいかにも手代頭《がしら》らしい男に寄って行った。

「少し尋ねたいのですが」

「はい、なんでございましょう」

愛想よく振り向いた男に、加門は懐から包みを出して、開いた。

「この藤擬は扱っていますか」

「はい、ございますよ」その顔から愛想笑いが消えて、上目になる。

「ですが、この薬は扱いが難しいので、お医者にしか売らないことになっておりますんで」

「ああ、買おうというのではなく」加門は首を振る。

「最近、買った人がいたかどうかを知りたいのです」

「はあ、さようで」手代頭の上目が元に戻る。

「そうですね、上州《じょうしゅう》から来たお医者、それに越後《えちご》から来たというお医者にも売りました。もちろん、ほかの薬もたくさん買って行かれましたよ」

「遠くから来るんですね」

「ええ、奥州《おうしゅう》からだって庄内《しょうない》からだって来ますよ。田舎には置いていない薬が、たくさんありますからね」

胸を張る手代頭に、加門は感心してみせる。

「なるほど、日本橋の大店《おおだな》は違う、というのを皆、知っているわけですね……ところで、江戸の医者で買って行った人はいませんか」

「江戸の……いや、町医者は怖くてこの薬には手を出しませんよ。扱いを間違えれば、大変なことになりますからね」

その苦笑いに、加門は、

「そうですか、邪魔をしました」

そう言って店を出た。

さて、次だ、と加門は並びの薬種問屋に入る。

同じ問いを繰り返すが、返答もやはり同じようなものだ。

四軒目の問屋では、「藤擬」と言っただけで、年配の手代の面持ちが変わった。

「旦那、もしかしたらそれを使って、色に孕《はら》ませた子を流そうっていうんじゃないでしょうね」

小指を立ててそれを振りながら、じろりと睨めつける。

「まさか」加門は慌てて手を振る。

「そんなことではない」

「そうですか、ときどきいますからね、そういうお人が。いかにもどこぞの藩医らしいお医者が、こっそりと買って行ったりもしますし」

「そうなのか」

驚きを示す加門に、手代はやっと面持ちを弛めた。

「そうですよ、そりゃ、手前どもは薬種問屋ですから、売れと言われれば売りますけどね、こそこそと買うお人に売ったあとは、いやな気になるもんです」

へえ、と加門は本心から顔を歪めた。

手代はそれに気を許したかのように、

「で、お求めになりたいんですか、藤擬を」

首を傾げる。

「ああ、そうではなく、最近、買った人がいたかどうかを知りたいだけで」

加門の答えに、手代は「はあ」と天井を見上げた。

「相模《さがみ》から来た医者に売りましたね、昔からの馴染み客で。あとは武州《ぶしゅう》の医者と……全部はわかりませんよ、売った品は書き残してますが、相手をすべて書き留めているわけじゃありませんからね」

それはそうか、と加門は肩を落とす。

「ああ、けど」手代が手を打つ。

「お武家に売りましたね」

「武士が買ったんですか」

「はい、浪人といっしょに来たんで覚えてますよ」

「浪人……」加門の脳裏に斬った男の姿が甦る。

「もしや、頰のこけた男では」

「ああ、はい、そうでした。そのお人のほうが薬が要《い》りそうだと思ったもんで、覚えてるんですよ」

「では、武士は、どういう風体《ふうてい》でしたか、家紋は覚えてますか」

「いや、羽織は着てましたけど、家紋はついてなかったな、姿は……そうですね、顔が四角張ってて、ずんぐりしてましたね」

「そちらは浪人ふうではなかったんですね」

じり、と歩み寄る加門に、手代は後ずさる。

「ええ、浪人ってふうではありませでしたね。ありゃ、どこかの藩士か、あるいは旗本か……けど、さほど立派というふうではなく、むしろ……」

言いよどむ手代に、加門は代わって苦笑を浮かべて見せる。

「よくいる貧乏旗本ふう、と……」

「はあ、まあそういうことで。いや、そのまんまかもしれませんや。お国訛《なま》りみたいなのはなかったので」

「その武士は藤擬だけを買ったんですか」

「はい、お屋敷の医者に頼まれたと言って、書き付けを出してましてね、藤擬百匁《もんめ》と書いてあったので、そのとおりに売りました」

「なるほど」

加門の頭の中に聞いたばかりの言葉が渦巻《うずま》く。

お屋敷の医者とは、どこの屋敷だ……。

「旦那」手代が眉を寄せる。

「なにか面倒なことじゃないんでしょうね。あたしのとこは売れと言われて売っただけですからね、厄介事に巻き込まれるのはごめんですよ」

「ああ、わかってます。薬を売るのが薬種問屋の仕事、どう使うかは買った者次第。売った側に罪はありません」

「はい、そういうことで」

手代はほっとした面持ちで、手を揉んだ。

「いや、邪魔をいたしました」

加門はその顔に礼を返して、店を出た。

日本橋から須田町の家へと戻るため、加門は神田《かんだ》へと足を向ける。

家が見えてきた所で、加門はその足を止めた。

家の前に誰かが立っている。

誰だ……。気を張りながら、加門は気配を殺して近づいて行く。が、まだ間合いがあるにもかかわらず、相手がこちらを察したように、振り向いた。

「あっ」

加門はその顔を見て、足を速めた。

芝天青院の権蔵だ。

権蔵も加門の顔を見て、口元を弛めた。

「ああ、ここでよかったんですね、迷いました」

「はい、なぜ、ここに」

訝る加門に、権蔵は懐から小さな紙片を出す。

「離れの薬師さんからこれを預かりましてね」

「千秋さんから」

「はい、急ぎらしくて、頼み込まれました」

差し出す紙片を、加門が受け取る。

「それじゃ、あたしはこれで」

権蔵が踵を返す。

「あ、かたじけない」

加門の声に背中で頷きながら、権蔵は小走りに去って行く。

加門は紙片を握りしめると、家の中へと入った。

なんだ、と気が急く。

窓辺に立ってそれを開くと、書かれた文字を目で追って、加門は「えっ」と声を上げた。
土間に下りようとして、あっと振り返り、薬箱を取りに戻る。
右手に薬箱、左手に紙片を握ると、加門は外へ飛び出した。

第四章　覚悟あり

一

重い薬箱が早足の邪魔になる。が、飛び出した勢いのまま、加門は芝の町に入った。

紙片に書かれていた千秋の文言《もんごん》が、何度も浮かび上がる。

〈お方様がご不快とのこと　お腹が痛まれるごようす　急ぎお越しくださいませ〉

ご不快に腹痛……。やはり懐妊していたのか、そしてもしや、子が流れそうになっているのか……。

加門は頭の中で同じ自問を繰り返す。

あの藤擬のせいなのか……。そう思うと、紙片を握る手に力がこもる。

長く続く寺の塀沿いを進む。

天青院の山門が見えて来たところで、加門はあっと声を上げた。権蔵に追いついたのだ。

加門の足音に気づいた権蔵が、

「おや、やはり呼び出しだったんですか」

振り向いて歩調を合わせる。

「変わったようすはありませんでしたか」

加門の問いに、

「いえ、特には」

と首を振りながら、権蔵は山門の鉦を鳴らして、加門を先に中に入れた。

加門はそのまま離れへと忍び足で向かった。騒ぎになっていないのなら、走って女中達に気づかれてはいけない。

「千秋殿」

離れの窓際で加門は声を上げる。

すぐに人の動く気配がして、御簾が上がった。

「加門様、来てくださったんですね」

千秋が身を乗り出す。

「どうなんですか、お方様のごようすは」

加門の問いに、千秋は「それが」と複雑な面持ちで肩をすくめた。

「庫裏の客間でお待ちください。お方様とともにすぐに参ります」

頷いて、加門は庫裏へと上がる。

客間に来られるならば、大事はないのか……。腕を組む加門の耳に、ほどなく二人の足音が聞こえてきた。

「お待たせしました」

千秋が襖を開け、お逸を先に入れる。

向かいに座ったその顔を見て、加門はほっとした。顔色はやや白いが、大事を感じさせるものはない。

加門は握りしめていた紙片を、やっと掌の上で広げた。

「これを見て、駆けつけたのです。ご不快とは、どのような具合だったのですか」

千秋が畳に手をつく。

「すみません、わたくしが慌ててしまったせいです」

その隣のお逸が袖で口元を隠す。顔が赤くなっているのがわかる。

「いえ、わたくしのせいです」

ともにうつむく二人を見ながら、加門は肩の力を抜きつつも首を傾げた。

「もしや御子が、と案じたのですが、大丈夫ですか」

「それが……」

お逸の袖がさらに上がった。

千秋がそれを受けるように、さらに低頭する。

「ご懐妊ではなかったのです」

絶句する加門に、千秋がやっと顔を上げた。

「ご不快はその……」顔を赤らめながら、

「月のものでした」

はい、と消え入るような声でお逸が頷く。

「え、ですが」加門は二人を交互に見る。

「流産のさいにも……」

「いえ、その違いはわかります」お逸は微かに首を振る。

「女《おなご》であればわかるものです」

「はい」

千秋も頷く。

「そう、ですか」

加門は大きく息を吐いた。相手の恥ずかしさはわかるし、聞いている己も、実は恥ずかしい。

お逸はそっと袖を顔から離して、上目で加門を見る。

「わたくしの思い違いだったのです。月の障りがなかったもので……なれど、こうして遅れて……」

「ああ、はい」

加門は思い直して、毅然《きぜん》と胸を張った。医者は常に冷静に対処せねばならない、と自分に言い聞かせる。

「それはよくあることです。婦人を多く診てきた師の一人も申しておりました。子がほしいという思いで、懐妊と同じような変化が表れるのは珍しいことではない、と」

「そう言っていただければ、少し気が楽になりますが……わたくし、恥ずかしゅうございます」

お逸はまだ赤味の残った顔を上げた。

「まあ、お方様がお気になさることではありません」千秋が首を振る。

「女ならば、誰にでも起こることです」

そうなのか、と思いつつ加門は頷く。

「ええ、気になさることではありません」

「なれど」お逸の眉が寄る。

「大納言様は、懐妊かと、とてもお喜びになられておりました。わたくしの勘違いと知れば、さぞがっかりなさることでしょう」

それは、と加門もしばし唇を噛んでから、

「ああ、いえ、ならばわたしが西の丸に参じて、大納言様に申し上げましょう」

微笑みのままに言った。

まあ、と千秋にも笑みが浮かぶ。

「お方様、そうしていただきましょう」

お逸の顔も明るくなる。

「よいのですか」

「はい」加門は大きく頷いた。

「もとより大納言様にお方様のごようすを見守るよう、命じられおります。報告をするのは務めですから」

胸を張る加門に、お逸はやっと肩を下ろした。

「安堵《あんど》いたしました。大納言様はおやさしいお方ですから、かようなことでお怒りにならないことはわかっているのですが、気落ちなさると思うと心苦しくて……」

「まあ、そんな、この先があるではありませんか」

千秋の言葉に、お逸はきっと加門を見据えた。

「わたくし、懐妊できるでしょうか」

加門は一瞬、うろたえてから頷いた。これ以上気落ちさせるわけにはいかない。

「ええ、先日診た脈もよい脈でしたし、冷えもないごようす。お方様なら、きっとご懐妊されましょう」

「そうですか」お逸の顔にやっと笑みが浮かんだ。

「わたくし、大納言様の御子を産んで差し上げたいのです。大岡様の面目だけでなく、大納言様のお喜びのために」

えっと、加門が身を乗り出す。

「今、大岡様とおっしゃいましたか。西の丸小姓頭の大岡忠光様のことですか」

「ええ、はい。わたくしは大岡様のお声掛かりで西の丸大奥に上がったのです」

「そう、だったのですか」

加門の頭の中にこれまでの経緯が浮かぶ、

お逸の方は数年前、家重が小菅御殿で病気療養をした折に、付けられた娘だ。その折に家重から寵愛を受け、その後、密かに大奥に上がっていたという。

「では、小菅のときに、大岡様からご指名を受けたのですか」

急遽《きゅうきょ》、世話役として、千住の役人に手配させた、という話を聞いた気がする。

「いえ実は……」お逸は首を振る。

「それ以前に、大奥に上がることは決まっておりました。我が三浦家《みうらけ》に、大岡様からお話が来たそうです。それでわたくしが父の命《めい》で、大岡様にお目にかかったのです。それから、どのような事でお決めになったのかはわかりませんが、わたくしにお召しがかかったのです。名誉なことゆえお仕えしろ、と父からも命じられ、準備をしていたところ、小菅にご逗留となったので、急ぎ呼ばれ、世話掛という名目で御殿に上がったのです。大納言様のお側に上がるよい機だと言われまして」

なんと、と、加門は口中でつぶやく。が、よく考えてみれば、得心できる。

その頃、お幸の方の懐妊が明らかになっていた。お幸の方は松平乗邑の息のかかった側室だ。お幸は家重を本心から慕い、乗邑の思惑からそれはじめていたが、もとは乗邑が京より呼び寄せた女であることに違いはない。お幸が男子を産めば、西の丸の大奥では最も強い力を持つことになる。

そうか、それを案じて大岡様は、対抗しうる側室を送り込もうとしたのか……。そう納得して、加門は改めてお逸を見た。

目鼻立ちは整っており、身体も壮健《そうけん》そうだ。聡明だし、人柄がよいのもこのたびで感じられた。おそらく大岡忠光は、何人もの娘のなかから、選び抜いたのに違いない。

「そうでしたか」加門は改めてお逸を見る。

「なれば、御身を大事になさってください。御膳は残さず、召し上がっておられますか」

「あ、それは……あまり食が進まず……」

「そうですか」加門は微笑んでから、

「気に病まれるようなことがあれば、食が細くなるのも道理。しかし、食は身体の基です。人の身体は食べた物から作られるのです。健やかな御子を得るためには、食をおろそかにしてはなりません」

そう毅然と言った。

「はい」

お逸が素直に頷く。

「加門様」千秋が身を乗り出した。

「お身体によい食べ物はありますか」

「そうですね、ここのところ食が細っていたのなら、精がつく物がよいでしょう。卵や魚、鰻《うなぎ》なども元気が出ます、それに野菜はたっぷりと」

「わかりました」千秋はお逸に向く。

「わたくし、町でいい物を選んできます。たくさん召し上がってくださいませね」

まあ、とお逸が眼を細める。

「ええ、千秋さんが選んでくれるなら、食べねばね」

その微笑みを加門に向けた。

「わたくし、千秋さんに大奥で務めてもらいたいのです。加門殿からも千秋さんの親御様に話していただけませんか」

「え……」

目を見開く加門に、千秋はあわてて手を振る。

「いえ、その件はまだ……」

「ああそうね」お逸が肩《せ》をすくめる。

「わたくし、また急いてしまいました。気が急いて思い違いを招いたばかりだというのに、いけないわね」

苦笑するお逸の横で、千秋が困ったような顔になる。加門はどう返していいかわからずに、「では」と腰を浮かせた。

それを困り顔のままの千秋が見上げる。

口が動いているのを見ると、なにかまだ話があるらしい。が、ちらりとお逸のほうを見て、口を噤んだ。聞かせるわけにいかない内容なのだろう。

加門は千秋の目を見て頷く。「また次に」と小さく口を動かした加門に、千秋も目顔で頷いた。

二

江戸城西の丸。

中奥の居室に通された加門は、家重の前で低頭した。

いつものように、すぐ側に大岡忠光が控え、家重と加門のあいだには意次が座る。

「昨日、天青院に赴きお逸の方様にお目通りしたのですが……」

行われたやりとりを詳細に語る。

懐妊ではなかった、と言うと家重の顔が曇ったが、それはすぐに消えた。

「そう……か……」

家重の口が動いたあとに、忠光がそれを言葉に変えた。

「お幸の方様の件があるゆえに、今は懐妊でなかったのがむしろ幸いかもしれぬ、と仰せだ」

加門はほっとする。

忠光は、すでに家重と話されていたらしい言葉を付け加えた。

「お幸の方様も落ち着いてきたので、もう少ししたら、お逸の方を西の丸に戻そうとお考えだ。その折には加門、またそなたが護衛に付くように」

「はっ」

加門は忠光の姿を上目で窺った。

忠光は穏やかで声を荒らげることはない。家重の命《めい》にも従順だ。小姓頭という地位は与えられているが、それを理不尽《りふじん》に使うこともせず、常に恬淡《てんたん》としている。邪《よこしま》なところは微塵《みじん》も感じられない。

大岡家の血筋なのだろうか……。加門はふと親類の寺社奉行大岡忠相を思い起こした。聡明であるが、それを真っ直ぐに使う。そこが二人はよく似ている。しかし、そんな忠光様でも、お幸の方に抗してお逸の方を配するくらいの知略は使われていたのだな……。と、加門は昨日聞いた話を思い出して、改めて忠光の温厚な顔を見た。

「と……で……さく……は……」

家重が加門に問いかけるのを、忠光が言い直す。

「佐倉の百姓の件をお尋ねだ。国に戻る前に、より多くの話を聞いておくように、と。それと、無事に戻れるように守れ、と仰せだ」

「はっ、かしこまりました」

答える加門に、意次も続ける。

「わたしもまた赴いて話を聞いて参ります」

うむ、と頷いて家重が小さく口を動かす。

「しゅ……め……の……」

そのつぶやきは、忠光もあえて伝えようとしない。

だが、加門にはなにを言っているのかわかった。

「首座め、己の都合の悪いことを隠すとは不届《ふとど》き」

意次もそれを解して、黙って頷いている。

忠光の口が開く。

「そういえば、加門、藤擬を女中に渡したのは誰か、わかったか」

「いえ、まだ」一度下げて、顔を上げる。「ですが、斬った浪人とともに薬種問屋を訪れた武士がいたことを突き止めました。人相風体を聞き取りましたので、探索を続けます」

「うむ」

家重の声がはっきりと上がった。

その頷きが「続けろ」と言っている。

「はっ」

加門も声を返して、腰を折った。その姿勢で、ちらりと意次を見る。

互いの目が合い、目顔で頷き合った。

中奥の一画にある意次の部屋は、加門にとってすでに勝手知ったる場所だ。

そこで待ちながら、加門は部屋の中を見渡す。意次は宿直の日でなくとも、ここに泊まり込むことが多い。室内は相変わらず飾り気もなく、質素だ。世子の小姓とはいえ、若輩《じゃくはい》で軽い身分の者に、贈り物をする者などいるはずもない。

その殺風景な部屋の中に、簾越しに風が流れ込んでくる。

「加門、いるな」

意次が声とともに、襖を開けた。

「おう、待ってたぞ。外して大丈夫なのか」

「ああ、百姓宿に行く打ち合わせをすると言って、お許しを得た。せっかくだ、話そう。そなたの顔にも、話があると書いてあったしな」

「ああ、そうなんだ」加門は向き合った意次に、膝行して間合いを詰める。

「実は昨日、お逸の方と話をしてな……」

大岡忠光の口利きで大奥に上がったのだと、小声で告げる。

「そなた、知っていたか」

「いや、初耳だ。確か小菅では、大岡様の命《めい》で千住の役人が世話掛を探してきたという話だったがな。しかしそうか、あの頃、我らはまだ若輩の十八歳、裏の話など聞かされるはずはないな」

意次が納得して頷くのに、加門も倣う。

「ああ、だろうな。ましてや裏の裏、大奥のことだ」

「うむ、だが、そうなると、この勝負、大岡様の勝ちということになるな」

口元で笑う意次に、加門が首を伸ばす。

「それは、お幸の方様は追い落とされたということか」

「ああ、おそらくもう、御寵愛が戻ることはないだろう。ご不興を買って以降、対面もされておられぬ。竹千代様も上様のお手元だし、お幸の方様の出番は、今後もほぼないだろうな」

「そうか、では、お幸の方様を通じての首座様の介入は遠ざけられるな」

「そういうことだ」

意次はそう答えながら、身を捩《よじ》って、棚から菓子皿を取った。

「お裾分けにもらった菓子だ、うまいぞ」

白い蒸し菓子が並んでいる。

加門は「ああ」と言いつつも、手を伸ばさずにそれを見つめる。

「なんだ」意次が首を傾げる。

「具合でも悪いのか、大丈夫か」

いや、と加門はゆっくりと顔を上げた。

「その、なんだ……大奥勤めというのは、どのくらいするものなんだ」

は、と目を丸くしながらも、意次は、

「それは人にもよるな」と律儀に答える。

「御年寄《おとしより》や御中臈《おちゅうろう》、それに御錠口《おじょうぐち》など、身分の高い方々は一生奉公で死ぬまで大奥暮らしだが、それ以下の者は人それぞれだ。長くても数年、短ければ二、三年だろう。大奥勤めをしたという箔《はく》が付けばそれでよい、ということだ」

意次は身を乗り出して、加門の顔を覗き込む。

「で、なぜ、そんなことを聞く」

「いや……実はお逸の方様が、千秋殿をお付きの奥女中として連れて行きたい、と言われているのだ」

「奥女中だと」

のけぞる意次に、加門は苦笑する。

「まあ、まだ千秋殿も決めてはいないようなのだが」

「決めては困るだろう。そなた、止めていないのか」

「いや、わたしが止める筋合いではないだろう。まあ、仕事を手伝ってもらえなくなるのは、多少、困るが」

「そういうことではなく」意次が天を仰ぐ。

「千秋殿を妻にするのではないのか」

「妻……」

口を開ける加門に、意次は首を振る。

「わたしはそう思っていたぞ。御庭番は十七家のうちで婚姻を決めるのだろう。ならば、千秋殿に決まりだろう」

「それは、家同士、それに周りの同意もあった上で決まることで……わたしはまだ見習い身分だし……」

ふうむ、と意次は苦笑を浮かべた。

「そういう目では見ていなかったのか、呑気だな。だが、そなたと千秋殿なら、よい夫婦になると思うぞ。気が合いそうではないか」

そう言いつつ、意次はほうと長い息を吐いた。肩が落ちる。

「なんだ」今度は加門のほうが身を乗り出す。

「なにかあったか」

ああ、と意次は首筋を掻いた。

「実はな、妻となる娘と会ったのだ。結納《ゆいのう》を交わしたのでな。それが……」

眉が寄る意次の顔を、

「どうした」

加門が覗き込む。

「それがな、なんともおとなしい娘でな、なよなよとして声も小さく、覇気《はき》がないのだ」

「覇気とは……闘うわけではないのだから、いらんだろう」

加門の言葉に意次は吹き出す。

「それはそうか……だが、わたしは男も女も覇気のあるのが好きなのだ。打てば響くような才気があって、話の弾む相手がいいのだがな」

がっかりとした意次の面持ちに、加門は弛みそうになる口元を引き締めた。慌てて、馬鹿、と己を叱る。友の気落ちを喜ぶとはなにごとだ……。

「なに、会ったばかりではわからんだろうよ」

「会ったばかりか……しかしな、わたしの父は母に会ったとたんに、とーんときたそうだ」

意次の照れを含んだ笑いに、加門も笑みが出た。

「とーん、か。岡惚《おかぼ》れしたときに町方《まちかた》がよく使う言葉だな」

「ああ、生真面目な父にしては珍しかったので覚えているんだが、今となってみれば、話すのが恥ずかしかったのだな」

「恥ずかしいが、言っておきたい、と」

「うむ」

二人は頷き合う。

「しかし」加門は口を曲げる。

「わたしだって、女《おなご》を見てとーんときたことなどないぞ」

「そうか」

「そうさ。岡惚れも知らぬまま妻を娶る。武家の婚姻などそんなものだろうよ」

加門の苦笑に意次もつられる。と、その顔が神妙になった。

「ところで百姓宿はいつ行く」

「そうだな、明日にするか……」

加門も姿勢を正し、笑顔を閉じた。

三

馬喰町の宿屋街を、薬箱を手にした加門と風呂敷包みを持った意次が歩く。

にぎやかに行き交う人を縫って進むと、まもなく亀田屋が見えてきた。

「宗兵衛さんの傷は大丈夫か」

意次の問いに、加門は頷く。

「ああ、ずいぶんとよくなってきている。いっときは……」

言葉を交わしながら進む加門の足が、ふと止まった。

怪訝そうにやはり足を止めた意次の腕を、加門は引き、路地のほうへと身を引く。

そこから加門は、そっと首を伸ばした。

「なんだ」

小声で問いかける意次に、加門は目で亀田屋の前を示した。一人の武士が宿の入り口を覗き込みながら、ゆっくりと歩いている。

「佐倉藩士だ」

加門の言葉に、「えっ」と意次も身を乗り出す。が、その袖を加門が引いた。

「しっ」

藩士がこちらに歩いて来る。

二人は路地の奥に進んだ。

前の道を藩士が通り過ぎて行く。

「やはり見つかっていたか」

姿が見えなくなってから、加門はそっと路地を出た。

「行こう」

意次を振り返りながら、加門は宿屋へと向かった。

「えっ、藩士がいたんですかい」

加門が告げると、宗兵衛らは驚きの声を上げた。と、多吉がその顔を歪めた。

「ああ、そうか、きっとあれだ……数日前、あんまり暑いんで頬被りを取って、日本橋を歩いたんで……」

「馬鹿っ、気をつけろと言ったじゃねえか」

兄の耕作が怒ると、多吉は首を縮めた。

「すまねえ、あれきりなんにもなかったから、もうでえじょうぶだろうと、つい油断しちまった」

「いやまあ」加門は取りなすように、手を上げた。

「ここで襲うことはないでしょう。ですが、できるだけ町は歩かないほうがいい。とくに、暗くなったら外には出ないでください」

「へい」

三人が頭を下げる。

「やはり、相手は抑え込みたいのだな」意次はつぶやいてから、三人を順に見た。

「それは国許の役人にとって、知られたくないことがあるからでしょう。先日、役人に訴え出た人が謂《いわ》れのない罰を受けたと言っていましたね。そういうことはほかにもあったのですか」

「へい、ありやした」耕作が頷く。

「ずっと前ですが、米が不作だった年、なんとか年貢を減らしてほしいと郡奉行《こおりぶぎょう》に訴え出た名主がおったんですが、取り合ってもらえないどころか、そのあと、遠くの橋の普請を命じられて、しばらく村から離されやした。年とったおっ母さんは、心配して、病が重くなっちまったもんです」

「ううむ」

　意次が腕を組む。

「それだけじゃねえ」多吉が身を乗り出す。

「やっぱり不作の年、名主と庄屋が連れ立って、なんとか年貢を納める時期を遅らせてくれと、訴えに行ったんでさ。前に郡奉行に言ってだめだったから、そんときは勘定奉行に直に訴えたんで。したが、聞いてもらえなかったどころか、その名主と庄屋は、倅達を連れてお城の石垣修理をしろ、と役を課されちまったんで。男手がなくなって、田畑の仕事は残った女と子供がやったんでさ」

「ああ」宗兵衛も言葉をつなげる。

「年貢を取るばかりじゃねえ、ちいとお願いに上がっただけで、役人は怒り出して、まるで仕置きのように、役を押しつけてくるんで。それが怖くて、みんな、なにも言わなくなっちまうってえ仕組みでさ」

「それは非道なことを」意次が眉を寄せる。

「それゆえに、江戸に来て訴えようと考えたのですね」

「へい、その公事方御定書ができる前に、と思いやして」

頷きつつ、宗兵衛は顔をしかめた。

「けど、この宿でほかの百姓衆から話を聞いて、がっかりしました。目安箱は百姓の訴えなど一つも聞き届けてくれねえ、と言われました」

「ああ」耕作が頷く。

「将軍様が目安を読んでも、それは老中首座様に渡されて握りつぶされるっていうじゃありませんか」

「そいじゃ」多吉の声が荒らぐ。

「おれらはどうしたらいいんで。老中首座様がおれらの藩主様なんだから、もっと始末が悪いじゃねえか」

加門は意次と思わず目を見合わせた。

目安のことも、御政道を操るのが老中首座であることも、すでに広く世に知られている。城中の者よりも町の者のほうが、よほど知っていると、感じざるを得ない。

「確かに……」意次が口を開く。

「佐倉藩の内情を訴えられれば、首座様は面目をつぶされて、お怒りになるだろうな。解決になるどころか、逆に罰を与えられるかもしれない」

「へい、そうでやしょう」多吉が拳を握る。

「だから、直訴を考えているんでさ」

「直訴……」加門が眉を寄せる。

「しかし、佐倉宗吾のときにも、直訴状は結局、藩主の堀田氏に渡されたと読みました。目安も直訴も同じ結末になるでしょう」

「なら、どうすりゃ……」

三人の顔が歪む。が、耕作が気を取り直したように、意次を見た。

「おらは聞いたんだ……町方を取り締まるのは町奉行だが、侍を取り締まるのには目付ってえのがいるって話だった」

「うむ、確かに、御目付は幕臣の旗本や御家人を取り締まるのが役目だが……」

頷く意次に、耕作が胡座《あぐら》で間合いを詰める。

「そんなら、その御目付とやらに訴えるのはどうでやす」

「いや、御目付にはそのような力はありません、大名を監視するのはその上の大目付です」

「ならば」多吉も胡座で前進する。

「その大目付に言えばいいんじゃねえですかい。大目付は大名を取り締まれるんでやしょう、そんなら藩主様のあれこれを訴えれば、聞いてくれるんじゃねえですかい」

ううむ、と意次の口が歪む。

「それは理屈でいえばそうなるのだが、そういう下からの訴えはどうか……大目付が取り締まるのはお家騒動や御公儀への不忠、大きな不正や不埒などであって……」

「そんなら」多吉が大声で遮る。

「藩主様がなさっているのは不正と不埒じゃねえんですかい」

ぐ、と喉を詰まらせる意次の横で、加門は穏やかに三人を見た。

「しばらく辛抱《しんぼう》するというのはどうですか。これまでも藩主はしょっちゅう変わってきたのだから、また変わるかもしれません。このようなことを言うのは憚られますが、藩主様もう、お若いわけではないでしょうし」

意次もそれに続ける。

「うむ、御政道も時によって変わる、しかし、我らの手によって変えるのは無理だと言ってもいい。そもそも、相手を変えることは難しいものです、ならば、自分が変わったほうが早い」

「変わるってえのは、どうするんで」

口を尖らせる多吉に、意次は笑みを作ってみせる。

「そう、たとえば沼地を開墾《かいこん》するのはどうです。水が豊富ならば田を作りやすいと思いますが」

「そんな手間のかかることやってちゃ、生きていけませんや」

多吉のつぶやきに、兄と父も、顔を見合わせる。失望の色を隠さずに、三人は黙り込んだ。

加門と意次は目を合わせて、息を吐いた。確かに、打つ手は浮かばない。公儀の側に立つ者としてはなおさらだ。

「いや」意次は顔を上げた。

「聞いた話は、わたしは忘れません。いつか役に就くことができたら、必ず生かします。いいえ、それ以前に機があれば、役人にも伝えますから」

「へえ」

三人は気のない返事をする。

加門は咳払いをすると、薬箱を引き寄せた。

「宗兵衛さん、傷の手当てをしましょう」

意次も「ああ、そうだ」と風呂敷包みを前に出す。

「菓子を持ってきました。食べてください」

広げた包みの中から、饅頭が現れる。

「こいつは」耕作が手にとった。

「腐りませんかね」

「ああ、二、三日は保《も》ちますよ」

「二、三日か」耕作が溜息を吐く。

「おくめや子らに食わせてやりてえな」

おくめとは女房の名なのだろう。

加門と意次の目が、再び合う。

「そうだ」意次が饅頭を押しやりながら、

「いつか印旛沼を見に行きます。そのときには、菓子を持っていきますから」

そう微笑んだ。

三人は口元だけで笑うと、それぞれに饅頭を口に運んだ。

四

朝、早めに医学所に行った加門は、裏から薬園にまわった。予想したとおり、庭で薬草を摘む海応を見つけると、「おはようございます」と寄って行った。

「おう、なんじゃ手伝うてくれるのか」

「はい」

向かいにしゃがむと、加門は汗のにじむ海応の額を見つめた。

「先日、相談させていた女人なのですが、懐妊ではありませんでした」

その経緯を説明すると、ふむ、と海応は顔を上げた。

「まあ、よくあることじゃ。食べる物が足らんようになっても、気に病むようなことがあっても、月の障りは止まるものじゃけえ」

「そうなのですか」

「ああ、女《おなご》の身体は男よりも込み入っているからのう」

「そう、か」加門は腑に落ちる。

「その女人は、最近、とあるよくない出来事がありまして、それを気に病んでいたかと思います」

「ほう、ならばそれじゃろう。そうじゃ、今日の講義はそれを話そうかのう」

海応は薬草を振って、にっと笑った。


前に座った海応が、並んだ弟子達を見渡す。

「労咳の患者で話したように、心《しん》と身《しん》は一体じゃ。心の気が身体に流れ、身体の気が心に流れ、止むことはない。したがって、常に互いに深く関わり続けるんじゃ。それは将翁先生からも聞いておろうがの」

海応は、今日はいない将翁の席をちらりと見る。

「ゆえに気に病むことがあると、心の気の流れが悪くなり、身体の気の巡りも阻《はば》まれる。気の流れが悪くなれば、そこから病が入り込む。病にかかるとますます元の気が損なわれ、元気のない者となる。さて、そこでだ、どうすればよいと思う」

ゆっくりと弟子達の顔を見ていく。その目が加門を捉えたが、加門に答えは浮かばない。

皆が黙ったままなのを見て、海応はにっと笑った。

「気に病むことをやめればいいんじゃ」

弟子達のなかから失笑や苦笑が起きる。海応もにやりと笑う。

「ふむ、あまりに簡単で内心、馬鹿にしているであろう。まあ、実際、簡単な話よ。なにか心配事があって考え込んでいる者は、日暮れとともにそれをやめるんじゃ」

皆の苦笑が止んだ。

「日が暮れて暗くなると、人の考えもなぜか不思議と暗くなる。悪いほうへ悪いほうへと考えがうねっていってしまうんじゃ。これがよくない」

あ、と加門の隣の正吾が声を洩らす。

「それはあるぞ」

ほかからも同様の声が洩れる。

「ふむ、そうじゃろうて」海応が頷く。

「夜、悪い考えに取り付かれると、それに絡め取られてしまう。そして、眠れなくなるんじゃ。だからな、日が暮れたら、考えることをやめる。そして、続きは明日にしよう、と己に言い聞かせるんじゃ。朝は夜とは逆に、考えが明るい方向を向くからな、そこでまた考えればいい。そうなれば、いたずらに気に病むことはなくなると言うわけじゃ」

へえ、と正吾のつぶやきが洩れた。

「今度、やってみよう」

横目を向ける正吾に、加門は微笑む。

「ああ、よさそうだな」

医学所から家に戻って、加門は長い道を歩き出した。

神田を抜け、上野《うえの》を通って、坂を上っていく。その先にあるのは、駒込《こまごめ》だ。

「ごめん」

いつものように田沼家の門をくぐる。

玄関に案内されると、そこで加門はかしこまった。

「まあ、加門殿、ようこそ」

出迎えに来たのは意次の母龍《たつ》だった。

「これは、御母堂《ごぼどう》様にはお変わりなく」

腰を折って、顔を上げる。

夫の田沼意行亡きあと、しばらく籠もりがちであったため、顔を合わせるのは久しぶりだ。

しかし、本当にお変わりない……。加門はその穏やかな微笑みを見て、笑みが移るのを感じた。

若い頃、美貌で知られていたという龍は、今もその艶《あで》やかさが薫《かお》る。

加門は幼い頃、父の友右衛門からいくども聞かされた話を思い出していた。

〈お龍様は美しいだけでなく、琴《こと》も上手《じょうず》でな、人が滅多に弾かない秘曲まで弾かれるのだ。そのうえ聡明なのだから、意行殿は果報なことよ〉

龍は宇都宮《うつのみや》の郷士の家の生まれだ。器量のよさと才は皆に知られ、田舎に埋もれさせておくには惜しい、と皆に言われたらしい。親もそれに従い、江戸に出すことになったのだが、その折に紀州藩士に縁が結ばれた。

田沼家と親類の田代七右衛門高近《たしろしちえもんたかちか》が、龍を養女として迎えることになったのだ。

田代家は紀州藩の江戸上屋敷内の長屋で暮らしていた。

その美貌はすぐに知れ渡り、屋敷の外では、一目見たいと願う若侍が塀の下を行きつ戻りつしたという。

その田代家に、親戚である意行が訪れる。龍と意行が顔を合わせたのは、当然の成り行きだった。

意行様がとーんときたというのもわかるな……。そう加門は独りごちた。

「ささ、奥へ、意次はおりますよ」

先に立ちながら、向けてくる笑顔は意次によく似ている。

「おう、なんだ、来たのか」

部屋から半身を乗り出し、意次が顔を出す。

「ごゆるりとなさいませ」

そう言って廊下の奥へと進む龍に礼をして、加門は意次の部屋へと入った。

「母上様はお元気そうだな」

「ああ、父が亡くなってしばらくは気落ちしていたが、わたしの婚儀の話で、すっかりお元気になられた。まあ、それが救いだ」

「おっ、そうだ、だから来たのだ」

加門は手にしていた包みを差し出した。

「祝いの香炉《こうろ》だ、父から持って行けと渡されたのでな」

「なんだ」意次の顔が歪む。

「祝いなど、まだ早いぞ。婚儀は来年だ」

「ああ、しかし、結納が済んだのだろう。わたしは婚儀には出られないから、今のうちにわたしておいたほうがいいと思ってな」

「出られないとは、どういうことだ」

むっとする意次に、加門は苦笑する。

「御庭番は基本、他家とのつきあいは禁じられている。そなたとは役目上の関わりがあるからつきあっていられるが、婚儀となれば役目は関係なかろう。出るわけにはいかん」

「そうか」憮然《ぶぜん》とした面持ちが寂しげに変わる。

「それは……しかたがないか」

「ああ」加門は笑顔を作る。

「そういえば、ふと思い出したんだが、賜《たまわ》った御側室はどうされているんだ」

小声になった加門に、意次は「かまわん」とばかりに首を振る。

「お元気でおられるようだ、行き来もないからわからんがな」

「そうか」

加門は窓へと顔を向けた。

意行は側室を得ていた。といっても、己の意思ではない。将軍吉宗が、己の側室を下したのだ。

質素倹約を掲げた吉宗は、大奥にもそれを導入した。側室の何人かを、人減らしのため、信頼する家臣に下げ渡したのだ。田沼意行も、その家臣の一人だった。

〈指一本、触れはせぬ〉

賜ったものの、意行はそう言って、側室のために別宅を構え、そちらに住まわせたと、加門も父から聞いていた。

「御側室を賜ったお方は、皆、お父上のようにされたのだろうか」

加門の問いに、意次が苦笑する。

「さあ、人それぞれだろうが、困ったお方のほうが多かったと思うぞ」

「そうだな、奥方がいるのだものな」

ああ、と意次が笑い出す。

「うちは父の判断に迷いがなかったから、事なきを得たようだ。家の者にしてみれば、やはり母が大事だからな」

そうはそうだ、と加門も笑う。

「あ、そうだ」意次が口に手を当てる。

「竹千代様の元服の日取りが決まったぞ。八月十二日だ」

「そうか」

「ああ、お幸の方様もお出になるから、衣装選びに熱中されているようだ。それでご機嫌も直ったようだから、お逸の方様を戻す日も決まりそうだ」

「やはり、そちらの気遣いもあったのか、お幸の方様は気性がはっきりとしているものな」

「うむ、お逸の方様は、お幸の方様のお怒りにずいぶんと怯《おび》えていたらしい」

その顔に女は怖い、と書いてあるようで、加門は笑う。

「しかし、西の丸に戻るとなると……」

意次は言いかけてやめた。

千秋のことだろう、と加門は察したが、同じように口を閉ざす。自分はどうしたいのか、という迷いが揺れ続けている。

「まあ、戻る日が決まったら使いを出す」

そう言う意次に廊下から声がかかった。

「殿、お茶にしますか、それとも御酒《ごしゅ》のほうがよいでしょうか」

「酒を頼む。膳も付けてくれ」

意次は答えながら、加門に笑みを向ける。

「まあ、飲もう」

廊下の奥から、すでによい匂いが漂ってきていた。

五

宗兵衛の傷に晒しを巻いて、加門は微笑んだ。

「ここまでよくなれば安心です。もう動いても大丈夫ですよ」

「へえ、ありがとうござんす。おかげで痛みもずいぶん軽くなりました」

頭を下げる宗兵衛に、二人の息子も続く。

「先生様のおかげです」

いや、と加門は一時悪化させてしまったことを思い起こして、恐縮する。

「長引かせてむしろ申し訳ないことでした。ですが、もう長歩きもできますから、いつでも国に戻れますよ」

江戸でできることはない、帰ったほうがいい、と加門は思う。が、これまでの苦労を否《いな》むようで、はっきりとは言いにくい。

それを相手も察したらしく、親子は顔を見合わせた。

三人それぞれが異なる面持ちで、口を噤む。

「へえ、そうですね」宗兵衛がうつむく。

「そろそろ、戻って稲刈りのしたくをはじめねえと」

「ああ、だな」

頷く耕作の横で、多吉は横を向いた。口を小さく動かすが、なにをつぶやいているのかはわからない。

「では、今日はこれで」

加門は立ち上がって薬箱を持つと、廊下へと出た。

耕作が見送りのために、あとから付いてくる。

廊下の角を曲がると、開け放した入り口から光が入って明るくなる。と、加門はそこで足を止めた。

身を引いて、入り口を見る。

外から中を覗っている男がいる。佐倉藩士だ。

そのままゆっくりと、藩士は前を通り過ぎて行った。

うしろの耕作は気づいていないらしく、不思議そうに加門を見る。

「耕作さん」加門は振り返ると、手にしていた薬箱を差し出した。

「これを部屋で預かっていてください」

そう言うと、足早に土間へと下りた。

そっと道に出ると、加門は藩士のうしろ姿を探す。

いた……。加門は間合いをとって歩き出す。

馬喰町から日本橋に入った藩士は、建ち並ぶ店先で、ときどき足を止めて中を覗き込んだり、町娘を振り返ったりしている。

気の散じた男だな……。そう失笑しそうになるのをかみ殺して、加門はうつむきがちに、そのままあとを追った。

藩士は日本橋を抜けて、海のほうへと歩いて行く。その先は築地《つきじ》だ。海際の景勝地でもある築地には、大きな門を構えた立派な屋敷が多い。大名家の中屋敷や下屋敷が、多く建てられているのだ。

藩士はそのうちの一軒である、長い塀の通用口へと向かって行く。

佐倉藩の中屋敷だな……。加門はすでに頭に入っているこの地の絵図を思い出していた。

通用口の手前で、藩士が止まる。戸が開いて、屋敷から二人の侍が出て来たのだ。

「おう、駒之助《こまのすけ》、戻ったか」

年嵩《としかさ》の男が言うと、若いほうも続けた。

「ちょうどよい、飯を食いに行くのだ、水原《みずはら》殿もどうだ」

二人の侍の誘いに頷いて、藩士が踵を返す。

水原駒之助という名か……。加門はつぶやきながら、慌ててうつむいた。

三人がこちらにやって来る。

今更、向きを変えるわけにはいかない。

加門はうつむきがちのまま、三人とすれ違う。

言葉を交わしている三人は、加門を気にするようすはない。

横目で、加門は三人の袴の色を目に焼き付けた。駒之助が焦げ茶《こちゃ》、あとの二人が茄子紺《なすこん》と鉛色《なまりいろ》……。

声が遠ざかってから、加門は立ち止まった。

三人は辻を右に曲がって行く。そちらには町屋があり、何軒かの飯屋もある。

加門は踵を返して、そのあとを追った。

飯屋の前を通りながら、開け放たれた戸の奥を覗き見る。

一軒目を過ぎて、二軒目。

あ、と足を止めた。

小上がりの奥で胡座をかいている三人の袴が見えた。茄子紺に焦げ茶、鉛色だ。

加門はそっと中を覗う。小上がりは反対側にもあり、そちらにも客がいる。加門はぐっと腹に力を込めると、うつむきがちに中へと入った。

素早く目で探る。と、三人のうしろ側に空きがあるのがわかった。ちょうど駒之助はそこに背を向けている。そして、話に夢中だ。

「らっしゃいまし」

主の声を聞きながら、加門はその空きに上がり込んだ。

声を変えて、

「飯と魚をくれ、適当に」

「へい、汁椀はつけますか」

加門は黙って頷く。

背中に、駒之助らの声が聞こえてくる。

「では、その百姓どもはまだ江戸におるのか」

年嵩の男の問いに、駒之助の声が答える。

「ええ、傷がまだ癒《い》えていないのでしょう。村のやつらめが出て来なければ、ひと思いに殺《や》れたものを」

「ふむ、惜しかったな。しかし、怖い思いをしたのだから、尻尾《しっぽ》を巻いて逃げ帰るであろうよ」

「ええ、そうでしょうな」駒之助の声に笑いが混じる。

「一度痛い目に遭ったのだ、身のほどを思い知ったでしょうよ」

はは、と若い侍の声が上がる。

「百姓など、江戸のお城を見上げただけで震えるはずだ。我が殿が、あの本丸におられるのを知れば、畏《おそ》れ多いことがわかるでしょうな」

「うむ」年嵩の男の声が返る。

「わが国の藩主様が、今をときめく老中首座であることを、いかな百姓どもでも思い知るであろうよ」

ははは、と三人の笑いが加門の背中に響く。が、その笑いがふとやんだ。

「しかし……小さきやつらほど畏れを知らぬ、とも言いますから、国に戻るまでは、やはり油断はできません」

駒之助の言葉に、年嵩の男が吐き捨てる。

「だが、いったいなにができるというのか。百姓どもなど、字も書けまいに」

「いや、それが」駒之助が首を振るのがわかった。

「宗兵衛は字は達者、倅どもにも習字をさせてきたらしいのです。そうなると、目安くらいは書けるでしょうから、それが厄介」

「ふうむ、目安か。そのようなことをされたら、殿の面目がつぶされてしまうな」

「ええ、ですから、いっそ……」駒之助の声がくぐもる。

「消してしまえと、上の御意向が決まったわけで」

「なるほど……」

三人の声が小さくなる。

「へい、お待ちどおさま」

加門の前に膳が置かれる。

「魚は鰯《いわし》の梅煮、汁はしじみ汁、青菜は煮浸しになってますんで」

愛想のよい主に頷いて、加門は箸を取った。

ずっと汁をすすって、飯を食べはじめる。が、耳は後ろに向いたまま、背中でも気配を読んでいた。

「そうだな」年嵩の男が言う。

「愚かな者はなにをするかわからん。直訴などという馬鹿げたことをしでかさないとも限らぬな」

「ええ、国の城中でもそれを案じたようです。佐倉宗吾などという慮外者《りよがいもの》がいたせいで、佐倉の百姓どもは、思い上がったことを考えがちだ、と」

「ああ、確かにそうですな」若い侍が声を尖らせる。

「何かにつけて宗吾様宗吾様と言い出すからな、佐倉の百姓は質《たち》が悪い」

「まったく」駒之助も声を荒らげる。

「だからこそ、今のうちに思い知らせておくのが得策。この先、我らに抗《あらが》う気など抱かぬよう、見せしめにせねばなりません」

「うむ、それがそなたの腕の見せ所ということだな」

「はい」駒之助の声が笑う。

「ここで手柄を立てれば、我が水原家にとって出世の機運となるやもしれませんから。この役目、実はわたしから買って出たのです」

「ほう、そうであったか」

「はい。百姓などに家伝の刀は使えぬ、とおっしゃる方が多かったので、わたしが進み出たのです。残念ながら、我が家の刀はそれほどのものでなし」

駒之助の苦笑に、二人もつられる。

「だが、この手柄でよい刀を買えよう」

「ああ、よい刀を教えて進ぜよう」

その笑いに、駒之助の苦笑が深まる。

「そうですな、お願いいたしましょう」

三人の笑いが濁る。

加門は背中がうすら寒くなるのを感じて、熱いしじみ汁をすすった。

六

芝の天青院の門が今日は開いている。

昨日、西の丸から使いがやって来て、お逸の方が戻ることになったと知らされた加門は、朝早くにやって来ていた。

まだ、西の丸からの一行は着いていない。

境内に入った加門に、

「加門」

と、うしろから声が飛んだ。

「意次、来たのか」

小走りにやって来る意次に、加門は振り返る。

「ああ、一足先に来た。そなたが来るだろうと思ってな」

そう頷く意次と連れ立って、加門は離れへと歩き出す。まだお逸は中にいるはずだ。

が、男子禁制の離れには上がることができないため、二人は手前で止まった。と、下がっている御簾が揺らめき、すぐに戸口から足音が立った。

「加門様」千秋が早足で駆けて来る。

「意次様もお早い……おはようございます」

礼をした千秋は「こちらへ」と、二人をそっと木陰に手招きする。先日、話せなかったことか、と思い至って、加門はついて行った。

千秋が小声になる。

「先日、奥女中の菊乃さんが斬られた一件ですけれど、あれは……」

じっと見上げる千秋に、

「うむ」加門が頷く。

「菊乃殿を斬ったのは浪人だが、浪人を斬ったのはわたしだ。仔細は後日、話しましょう。だが、このこと、お逸の方様には内密に」

「はい、承知しております」千秋は離れを振り返り、半歩、間合いを詰める。

「そうではないかと思っておりました、なにかが起きたのだと。それでわたくし、注意しておりました。また、出て行く奥女中がいないか、それに誰か外に来ている者がいないか、と。一日に二回、お寺の外を見廻ったのです」

「な……そんなことを」

加門が目を見開く。意次も驚きつつ、小さく笑う。

「さすが千秋殿だ」

「いえ、気になったので」千秋は真顔で頷く。

「それで、お女中には変わりはなかったのですが、外で侍を見かけたのです。三回、同じお人でした。通用口の隙間から中を覗いていたり、塀の外から耳をそばだてるような仕草をなさっていたので、気になったのです」

「三回……それは、どのような男でしたか」

加門も小声ながら勢いづく。

「身なりはそれなりで、大身ではなくともお旗本かと、それに顔が四角張って、体つきは……」

「ずんぐり、ですか」

「はい」

千秋が大きく頷いた。

意次の声も尖る。

「その男、薬種問屋で薬を買ったという男か」

「ああ、薬屋で聞いた話と同じ風体だ。お逸の方のようすを、探りに来たのだろう」

「旗本ふうとは、どこの者だ」

「まだわからん」

顔を歪めて、加門と意次は互いを見る。

あっ、と千秋が小さな声を上げた。

振り返った二人の目に、山門から乗り物を担いだ一行が入って来るのが映った。と同時に、千秋が振り返った。

「千秋さん」

そう言って、お逸がやって来たのだ。

「これは、お方様」

意次が礼をすると、お逸も改まった。

「まあ、田沼様それに加門殿も……また警護に付いてくださるのですね。ありがたきこと」

かしこまって礼をしあう四人の耳に、乗り物が地面に下ろされた音が届いた。

「では、参りましょう」

そう言うお逸を千秋が見返す。

「わたくしも虎之御門まで御いっしょいたします」

「ええ」お逸はかすかに眉を寄せた。

「今日はそこで別れるのですね。なれど後日、そなたの家へ使いを出しますから、それまでに心を決めておいてくださいね」

千秋は黙って、頭を下げる。

加門は女二人を見交わした。大奥に上がるという話に違いない。横目で千秋を窺うが、すでに歩きはじめたお逸に従って、千秋も踵を返していた。

「では、参ろう」

意次も歩を進めるお逸のあとに続いた。

行列はすでに整えられ、寺男達も見送りに出ている。

「お世話になりました」

加門は権蔵に礼を言うと、動き出した一行のうしろに付いた。

芝の寺町を抜け、一行は日本橋へと続く東海道を進む。

周囲は町屋が並び、人も多い。加門は辺りに目を配りながら、一行の最後尾を歩いていた。意次は先頭に、千秋は乗り物の横に付いている。

芝の町の外れに差しかかったとき、その千秋が足を緩めたのがわかった。一行の進みより遅れた千秋に、まもなく加門が追いつくと、

「加門様、おります」

千秋がささやいた。

千秋が目顔で、左の斜め前方を指し示す。

「あの男です」

人ごみの中に、四角顔でずんぐりとした姿が見える。

天水桶《てんすいおけ》に隠れるようにして、じっと一行を見つめている。

「わかった」

頷く加門に、千秋はそのまま隣を歩く。下手《へた》な動きをして怪しまれないよう、気を配っているのが察せられた。

一行が男の前を通り過ぎる。

加門は背中で男の気配を探る。

橋を渡り、日本橋に入ると、再び男の気配が近寄った。

行列に一定の間合いをとって、あとを付けて来る。

一行は左に曲がり、虎之御門へと向かう。やはり男は付いて来る。

やがて一行は虎之御門に到着した。

千秋はそっと、行列を離れる。

御庭番の家の者は、より小さな山下御門《やましたごもん》を通るのが常だ。

加門は目で千秋に頷きながら、虎之御門へと入った。

門のうちから背後を振り返ると、四角顔の男も門をくぐったのがわかった。

御門の内側は、大名屋敷や御用屋敷しかない。手形を持つ者しか通ることは許されず、そこを通れるのは幕臣かいずれかの藩士ということになる。

行列は次の桜田御門へと向かっていた。そこを抜ければ西の丸は間近となり、坂下門もすぐだ。

加門は足を止めた。

桜田御門の手前で、男が向きを変えたからだ。

一行が門内に入るのを見届けて、男は内濠沿いに左へと歩いて行く。

門の内で立ち止まった加門は、しばしの間を置いてから、再び門の外へ出た。男の進んだほうへと、足を速める。

濠沿いの道に、男の姿はあった。桜田濠沿いに歩いて行く。

加門も長い間合いをとって、その道を歩き出した。

濠の向こうの城内には、吹上の御庭の深い森が広がっている。

森の中から、鳥の群れが飛び立つ。

やがて半蔵御門《はんぞうごもん》が見えてきた。その先は半蔵濠となる。道は人通りが少なく、見通しがよい。加門は長い間合いを保ったまま、ゆっくりと歩を進めた。

男は半蔵御門を通り過ぎた。

城内には本丸がある辺りだが、木々に阻まれて御殿は見えない。

濠から飛び立った白鷺《しらさぎ》が、頭上をゆったりと過ぎていく。

この先、濠は曲がって千鳥ヶ淵《ちどりがふち》となる。

この道を行くということは……。加門は男の背中を見つめる。

男は濠を回り込んだ。

千鳥ヶ淵の向こう側は北の丸だ。濠は行き着いたところで直角に曲がる。

加門は角で立ち止まると、そのまま歩いて行く男のうしろ姿を見送った。

濠にかかる橋を、男が渡って行くのが見える。

加門はその姿に唾を呑み込んだ。

橋の先にあるのは田安御門だ。
田安屋敷……徳川宗武様か……。加門はそっと拳を握りしめ、来た道を戻った。

第五章　ままならぬ

一

西の丸の裏手に広がる吹上の御庭を、宮地加門は歩いていた。

庭の一角には吉宗の作った御薬園《おやくえん》がある。さまざまな薬草が植えられており、薬にくわしい宮地家は、しばしばここの手入れにも加わっている。

御薬園の周囲を見まわして、加門は足を速めた。

木に登った若い植木職人に、下から大声で指示を出している男に駆け寄る。

「寅七《とらしち》さん」

「おや、こりゃ宮地の若さん、久しぶりですね。今日はお父上は来てませんよ」

「いや、寅七さんに用があって来たのです」

ほう、と寅七は木立のほうへと移動する。

御庭番は庭を見張る小役人、と多くの者に思われている。が、どうやら別の役目があるようだ、と察しはじめている者もいた。寅七もその一人であり、加門もそれを感じ取っていた。

「なんでやす」

両足を広げて胸を張る寅七からは「なんでも言ってみろ」という気概が感じられた。加門はそれに頷く。

「この時期ですから、草むしりもしてますよね」

「へい、そりゃ、毎日、どっかしらしてまさ。この時期は手を抜くと、すぐに草がはびこりやすからね」

「田安屋敷にも行きますか」

「へえ、そら行きますよ。田安屋敷も一橋屋敷も二の丸も三の丸も、城内の植木を全部、みなけりゃなりませんからね」

誇らしげに顎を上げる寅七に、加門は小声で問う。

「では、次に田安屋敷に行くのはいつですか」

「次……」意を察したとばかりに、寅七はにっと笑う。

「まだ決めてやしませんが、いつ行きたいんです」

「早めに」加門が考えながら、続ける。

「そう、できれば職人が四、五人いるといいんだが」

「へえ、そいつはできますけど……で、若さんはなにをしたいんで」

「ああ、実は……」声をいっそう低める。

「植木職人の形《なり》でそのなかに混じりたいんです」

ほう、と目を瞠る寅七に加門は、

「しかし、これは内密に」

と、ささやく。

「なるほど。そいじゃ、若い者には見習いとでも言っておきやしょう」

「いいですか」

「へい」寅七は、ぱんっと胸を叩く。

「そら、宮地の若さんの頼みなら聞きますぜ。前に教えてもらった弟切草《おとぎりそう》の使い方、役に立ってますんでね。うちは若い者《もん》がしょっちゅう鎌《かま》や鋏で手を切りやがるから、あれを煎じて傷口に当ててますよ。今はもう、庭に植えてまさ」

そう言ってから、寅七は腕を組んで宙を見た。

「そうだな、明日明後日はもう予定が決まっちまってるから、三日後はどうです」

「ああ、それは助かる」

「へい、それじゃ、若さんと姿が似た若い者を入れておきやしょう。田安のお屋敷なら、田安御門から入ったほうが無駄がねえ。橋の手前のお堀端で落ち合いやしょう。で、時はいつがいいんです、草むしりなら、朝やるのが常ですが」

「そうだな、では、五つ（八時）はどうです」

「へい、ようがす」

寅七は再び胸を叩いた。


城を出た加門は、その足を町とは反対に向けた。

御庭番御用屋敷の門をくぐる。

村垣家の戸口に立つと、声を出す前に、すぐに千秋が迎え出た。

「窓から加門様の姿が見えました。お家に戻られるのかと思いましたけど、こちらに向きを変えられたので」

ふふ、と笑いながら、千秋は「さあ、奥へ」と誘う。

「今日は爺様もおりますから」

そう言って、吉翁の部屋へと招き入れる。

「おう、加門、来たか」

笑む吉翁に加門は、

「はい、このたびは千秋殿をお借りして、かたじけのうございました」

かしこまって礼をする。

「なあに、大して役にも立たなかったであろう、よいよい」

「いえ、充分に助かりました」

加門はそう言いながら、懐から包みを取り出して千秋に差し出した。開いた中から筆が現れる。

「お礼です。もらった書き付けの字が達者だったので、千秋殿は習字をまめになさっているのだろうと思って」

「まあ、よい筆ですこと」

千秋はそれを手にとって、顔の前に掲げる。

「うむ」吉翁も眼を細める。

「千秋は昔から手習いは好きであったからな」

「よい字ですよね、千秋殿は器用であられる」

加門の言葉に、千秋はうれしそうに肩をすくめる。

「それに」加門は淀みながらも続けた。「人柄もよいせいでしょう、お方様からも信頼を受けたようで……」

ああ、と吉翁の顔から笑みが消える。

「聞いたわい、大奥にと乞われたそうだな」吉翁は孫娘の顔を見た。「どうするのだ、そなた」

そう言う祖父同様、やはり堅くなった面持ちで、千秋はちらりと加門を見た。

「そうですね、考えております。大奥に上がりたいなど、思ってみたこともないのですけど……加門様はどう思われますか」

「え……いや、わたしは」動揺を呑み込んで、声を整えた。「千秋殿のなさりたいようにされるのが、一番、よいと思いますが」

「そう、ですか」

千秋が困ったような面持ちになるのを見て、加門は微笑んだ。

「はい、聞いたところ、長い勤めになるとは限らないそうですし、得難い機ではあるでしょう」

「しかしのう」吉翁が眉を寄せる。

「千秋はもう嫁いでおってもよい年だ。加門の妹御の芳乃殿も、婚儀が決まっているのであろう」

「はあ、それは確かに」

「これ以上、年を重ねれば、行き遅れてもらい手がなくなってしまうからのう」

吉翁は上目で加門を見る。

「いや、ですが」加門はその鋭い眼差しに怯《ひる》む。

「千秋殿ならば、大丈夫でしょう。聡明だし機転が利く、それに度胸が据わっていて技も使える……」

はあ、と吉翁の溜息が遮る。

「それは女《おなご》のほめ言葉になっておらん」

あ、と加門は口を噤んだ。

千秋も首を縮める。が、その首をそろそろと伸ばすと、加門を窺った。

「わたくしが大奥に上がれば、内情を探って加門様にお伝えできるやもしれません。役に立つのではないかとも思うのですけど」

吉翁があきれ顔になる。

「なんだ、そのようなことを考えておったのか……」

その口を曲げて、じろりと加門を見る。

「あ、わたしは」加門は慌てて首を振った。

「そのようなことを望んでいません。そもそも大奥などに入ったら、会うことも容易ではないのですから、伝えるなどできませんよ」

「あら、文を出せばよいのではないですか」

「文など、そんな危ないことを……誰かに中を見られたら、どのような目に遭うかわかりませんよ」加門は息を整えて、千秋を見据えた。

「よいですか、お城の中はさまざまな思惑がうごめいているのです。城中でさえ、敵味方の別がある。菊乃殿の一件でもわかるように、大奥にだって敵方は密かに入り込んでいるのです。そんなところで、一方に立って動くなど、危険すぎます。大奥では、わたしが守ることも助けることもできないのですよ」

加門の勢いに、千秋は神妙な顔になる。同時に、その下に笑みが浮かんだ。

「うむ、そのとおりよ」吉翁も、声を厳《おごそ》かにした。

「お城の内はそのように甘いものではない。見くびって動けば、井戸に放り込まれて身投げと言われるのがおちだ。思い上がるでない」

千秋はまた首をすくめる。

「わかりました」

神妙に言うが、口元が微かに弛んでいる。

「やれやれ」吉翁がまた息を吐く。

「このような御転婆《おてんば》、縁組みの話が来ないのも無理はない。御庭番の娘は外に嫁ぐことはできんのだから、このままだと行かず後家なるやもしれんぞ。御用屋敷の内では、そなたの御転婆は知れ渡っているからな」

「あら」千秋が微笑む。

「ですから大奥に上がろうかとも思ったのです。嫁に行けぬなら、大奥勤めで出世をする、というのも面白そうではありませんか」

「出世だと」吉翁が目を剝く。

「御家人の出では出世などできん。大奥の身分はきっちりと分けられておる。上は公家の出、その下が旗本出、御家人の娘など、何年おってもお目見《めみ》え以下だわい」

「ええ、なれどお手つき中臈《ちゅうろう》になれば話は別と聞いております」

千秋の言葉に吉翁が咳き込み、加門も続いた。

身体を揺らす二人を見ながら、千秋が口を開けて笑う。

「まあ、戯《ざ》れ言《ごと》です」

咳が止まらない加門に、千秋は笑顔を向けた。

二

加門が部屋に入ると、宗兵衛らが胡座を正座に変えた。

「ああ、かしこまらないでください。薬箱を取りに来ただけですから。宗兵衛さん、傷はどうですか」

「へい、もうでぇじょうぶです」

宗兵衛はかしこまったまま、座った加門に手をついた。

「ありがとうごぜえやした」その袖口から、そっと紙包みを取り出す。

「こんなちいとで申し訳ないことですが、薬礼です」

差し出された包みを、加門は押し返す。

「いえ、結構です。怪我人や病人がいれば、薬礼を求めずに治療する、というのが師の方針ですので」

「いや、それじゃおら達の気がすまねえ、お恥ずかしい小銭ですが、とっておいてくだせえ」

再び差し出された包みを、加門は「では」と手に取った。

「確かにいただきました」

そう言って、包みを開く。と、そのなかに一朱金を入れて、また包み直した。

「では、これはわたしからの餞別《せんべつ》です。どうぞ」

「とんでもねえ」

三人が声を揃える。

「いや、これはわたしのためです。皆さん、帰りはこれで舟に乗ってください」

「舟に」

「ええ、大川から小名木川《おなぎがわ》を経て、行徳《ぎょうとく》まで行く舟のことはわたしも聞いたことがあります。それなら成田詣での人達がたくさんいるはずですから、いっしょにそのまま佐倉道に行けばいい。大勢といっしょなら、襲われることもないでしょう」

三人は顔を見合わせた。

加門はそれに頷く。

「せっかく傷を治したのですから、また斬られでもしたら、わたしが口惜しい。襲われていないか、無事に佐倉に帰り着けたかと、気になってしかたありません。舟に乗って帰ってもらえれば、わたしも安心できますから」

宗兵衛はそっと包みを手に取って見つめる。それをゆっくりと額の前に掲げた。

「わかりやした、では、ありがたく頂戴いたしやす」

「ありがとうごぜえやす」

二人の息子も頭を下げる。

「いや、よかった、これでわたしもゆっくり眠れる」加門は笑って三人を見た。

「いつ、帰るか決めたんですか」

「へい、あと三、四日したら戻ろうと思ってやす。せっかくですんで、ちょっと江戸の町を見てから」

父の言葉に、耕作が続ける。

「きっと、もう江戸に来ることもなかろうと思いますんで。それに、村のみんなに土《み》産《やげ》でも持って帰らねば、申し訳ないんで」

「ああ」多吉も頷いた。

「ここまで来たんだ、ちゃんと見ねえとな」

「ああ、まずはお城を見に行こうでねえか」

宗兵衛が腰を上げる。

「今から行くのですか」

加門が問うと、三人は、

「へえ」

と、立ち上がった。

「ならば、わたしが案内しましょう」

加門も立ちながら、大丈夫だろう、と胸中でつぶやいた。どのみち三人がここにいることは、藩士の水原駒之助に知られているのだ。これ以上、隠れていてもしかたあるまい……。

「医学所は途中ですから、薬箱を置いて、そのままお城に行きましょう」

「へい」

三人の声が揃った。


外濠沿いを歩きながら、加門は城の内側を指さした。

「あの一番高いところにあるのが本丸です」

三人は濠の石組を見つめて、その目を本丸に移した。御殿の連なる屋根が見える。

「立派なもんだ」

冷ややかな父の言葉に耕作も続ける。

「ああ、こんだけ造るにはさぞかし多くの者《もん》が狩り出されたんだろうな」

「石でつぶされて怪我した者も多かったろうな」

多吉のつぶやきに宗兵衛も頷く。

「ああ、おっ死《ち》んだ者だっていたろうよ」

三人の言葉に、加門は誇らしげに張っていた肩を落とした。見る目によってこうも違うものか、と、ややうつむきがちになる。が、すぐに気を取り直して、本丸を指で示す。

「本丸の下には二の丸、三の丸があります。そして、西の高い所にあるのが、西の丸です。それらを囲んで内濠があって、その中を内郭《うちくるわ》と言うのです」

へえ、と三人は歩きながら、見渡す。

加門は横の外濠を差す。

「内濠から外濠までのあいだを外郭《そとくるわ》と言います。大名屋敷や役所などがあって、入るには橋と御門を通らねばなりません」

ちょうど目の先に常盤橋御門《ときわばしごもん》が見えてきた。

御門へと通じる橋の上を、人々が渡っている。武士に混じって、中には町人の姿も見える。

「町方も渡れるんですかい」

耕作が問うと、

「そうさ」

答えたのは多吉だった。

「あの先には北町奉行所があるんだ。奉行所に呼び出された者は呼び出し状を持ってるから、渡れるんだ」

「へえ、よく知ってるな」

「ああ、この辺りのお店の手代に聞いたんだ」

へえ、と加門も感心しながら、

「そうですね、それと、商人でも通行手形をもらっていれば通れます。御用商人もいますし、お屋敷に出入りする商人もいますから」

「お屋敷、か」宗兵衛は向きを変えて、外郭を見やった。

「藩主様のお屋敷もあの中にあるんですかい」

「あ、ええ」加門も顔を向ける。

「老中首座様のお屋敷はひときわ大きい……らしいです」

医者見習いごときが知っているとは言えない。加門は知らぬ振りを装って、宗兵衛と並んで、外郭に向いた。

そこに見えるのは縦横に長く延びた白い塀と、その内側に連なる多くの屋根だ。所によっては塀の上に、手入れの行き届いた立派な松の枝が見える。

「そうですかい。こんなところにいれば、世の中の見え方も違うこってしょう」

宗兵衛は冷ややかに言う。その片頬をふっと歪めて笑った。

「こういう所で暮らすお方らに、おら達百姓の暮らしを訴えたって、聞いてもらえるはずはねえ……おら、ようくわかった」

「ああ、そうだな」

耕作も頷く。

「けどよ」多吉は拳を握る。

「大岡越前様みてえなお方だっているじゃねえか。今の大目付様は、一人は容赦のないお人だっていうが、もう一人は越前様のあとに南町奉行に就いたことのあるお人だっていうぜ。そっちは悪い評判は聞かなかったぞ」

加門は多吉に目を瞠《みは》る。容赦のない大目付というのは稲生正武《いのうまさたけ》のことだろう。町奉行をしていたこともあるが、ちょうどその時期に絵島生島《えじまいくしま》事件が起き、役者の生島に苛烈《かれつ》な拷問《ごうもん》をしたことが世に知られた。そのせいもあって、稲生はすこぶる評判が悪い。もう一人というのは、松波正春《まつなみまさはる》に違いない。こちらは仕事ぶりも人柄も評判は悪くない。どちらも旗本で、地道に出世の階段を上ってきた人物だ。が、いつのまに、そんな話を聞き集めていたのか……。

「よく知ってますね」

加門の驚きに、多吉は胸を張った。

「へえ、せっかく江戸に来たんだ、いろんなことを知りたいじゃねえですか。おかげで、御公儀の悪評もいっぱい聞きましたぜ」

「馬鹿、そんなことを大声で」

宗兵衛が声を尖らせる。

多吉は肩をすくめて、

「おら、お城は何度も見たから、外をひとまわりしてくる」

そう言って歩き出す。

「あ、気をつけて」

加門の言葉に振り向くと、

「でえじょうぶ、まさか町中で襲ったりはしねえだろうよ」

笑って走り出した。

まあ、そうか、と加門もうしろ姿を見送った。辺りを見まわしても藩士の姿はない。

安心して歩き出すと、うしろから声が追ってきた。

「宮地加門殿」

早足でやって来るのは、西の丸の小姓見習い源之丞だ。

「よいところでお会いいたしました。須田町のお家に伺うところだったのです。田沼主殿頭様よりお言伝《ことづて》を預かっておりますゆえ」

かしこまる源之丞に、加門は慌ててその袖を引く。

宗兵衛親子から離れると、そっと顔を寄せた。

「うむ、聞こう」

「はい、明日の午後、西の丸においでいただきたい、とのことでございます」

「あいわかった、参ると伝えてくだされ」

加門は源之丞を押しやるようにして離れると、作り笑顔で親子の元に戻った。

「いや、知り合いに偶然……」

言いかけて宗兵衛の顔を覗き込んだ。

首を巡らせて、多吉の行ったほうを見ている。

「どうしました」

加門の問いに、

「ああ、いえ」宗兵衛は顔を戻す。

「今、ちっと、佐倉藩士みてえな姿が見えたもんで」

「どこですか」

首を伸ばす加門に、宗兵衛は首を傾げる。

「すぐに見えなくなっちまいました、ああ、いや勘違いでしょう」

耕作は気づかなかったらしく、苦笑する。

「おっ父つぁんは斬られたからな、藩士の姿が頭にこびりついちまったんだろうよ、なあに、人違いだろうさ」

父を安心させるように、穏やかに笑う。

加門は目を凝らして、多吉の走って行った方角を見る。行き交う人々で、道の先は見えなかった。


翌日。

西の丸の中奥、いつもの間で、加門は家重らと向き合った。

「実はな」口火を切ったのは意次だった。

「田安屋敷に不審な者が出入りしているという話が入ったのだ」

「不審な者……」

「うむ」と大岡忠光が続きを取る。

「僧侶だというのだが、寛永寺でも増上寺でも、浅草寺でもないらしい。徳川家の祈願寺とは別の寺から来た僧侶らしいのだ」

あ、と加門は声を洩らした。

「しばらく前に、田安屋敷に僧侶が入っていくのを見ました。遠かったので、袈裟の紋や顔は見えませんでしたが」

「事実であったか」

眉を寄せる忠光に、意次も顔をしかめて加門を見る。

「正体がわからぬ僧侶なので、よくない憶測が上がっているのだ。呪詛《じゅそ》をかけているのではないか、と」

「呪詛」

目を見開く加門に忠光は、

「いや、あくまでも憶測だ。だが、やりかねない、と我々は思うている」

そう言って拳を握る。

正面の家重も、目顔で頷いているのがわかった。

加門は顔を上げる。

「実はわたしからも申し上げることが……」

藤擬を買った武士と思《おぼ》しき人物が、田安御門から入っていたことを告げる。

「なので、田安屋敷の者かどうかを確かめるために、明日、北の丸に入ることにしているのです」

「ほう、なれば、その僧侶のことも探れるな」

忠光の言葉に、

「はい」と加門は頷く。

「どこまで探れるかはわかりませんが、できうる限り調べて参ります」

低頭する加門の耳に、家重のくぐもった声音が届いた。

「頼んだぞ」

と、それは聞こえた。

三

「そいじゃ、行きますぜ」

田安御門へと続く橋を、寅七が先頭になって渡る。最後尾に付いた加門は、前を歩く若い植木職人を見つめた。加門と似た背格好の男達が三人いる。加門は鎌や鋏の入った背負い籠を揺らしながら、寅七の背中に目礼をした。

手形を見せた寅七に続いて、田安御門の内に入ると、そのまま屋敷の近くへと進んで行く。池のある庭が造られているが、それほど整えられておらず、周辺の植え込みも、草がはびこっている。それは屋敷のすぐ間近まで、広がっていた。

「よし、広いからな、みんなで分かれて草刈りをするんだぞ。木の枝は勝手に切らずに、邪魔なのがあったら、わしに聞きに来いよ」

「へい」

皆の声が揃う。と、ともに、それぞれが散って行った。

寅七は加門に寄って来ると、小声でささやいた。

「昼まで時を取っておりやすから、好きにしてくだせえ。出て行くのはうるさくされませんから、それも好きに」

「わかりました、かたじけない」

加門もささやき返して、その場を離れた。

そのまま屋敷の玄関が見える場所に移動して、加門はしゃがみ込んだ。茂みの横であちらからは見えにくいが、こちらからは出入りする人の姿を見ることができる。おまけにこちらは、笠を被れるのが有利だ。

置いた籠から鎌を取り出して、加門は草刈りをはじめる。うつむいた顔に、額からの汗が流れ落ち、それを袖で拭う。

ゆっくりと手を動かしながら、加門は出仕してくる武士の姿を目で追った。皆、田安御門を抜けて、屋敷へと向かっていく。なかには、本丸の方向からやって来る者もいた。住む家の方角によっては、田安御門にまわるよりも近道だ。

しばらくすると、加門の手が止まった。田安御門からやって来た男に、目が釘付けになる。

あの男だ……。

四角張った顔にずんぐりした姿は、間違いなくお逸の方の行列を付けていた男だ。

男は屋敷へと入って行った。

やはり、宗武様付きの者だったか……。加門は胸中で頷く。

再び手を動かし、草を刈る。

その場の草がなくなると、加門は立ち上がった。

鎌を手に、屋敷の裏手にまわって行くと、辺りを見まわした。

一人の植木職人が少し離れた場所で、草刈りをしている。

加門は笠越しに屋敷を見た。

表から見れば、ここは奥に当たる。

本丸や西の丸の御殿と違い、表、中奥、大奥などの違いはない。宗武は将軍の息子とはいえ、世子家重とは身分が違う。将来、家重が将軍の座に着けば、その家臣ということになる。その差が、屋敷の造りにも表れていた。

西の丸との違いが、口惜しくてたまらないのだろうな……。加門は腹の内で独りごちながら、その場にしゃがみ込んだ。

鎌を振るいながら、少しずつ、屋敷へと近づいて行く。

もしも、僧侶が来て呪詛を行うとしたら、人目に付きやすい表でやるはずはない。奥の間で行うはずだ……。そう思いながら、屋敷に耳をそばだてる。

開け放たれた廊下を女中などが行き交うが、こちらを一瞥《いちべつ》もしない。

町方を人と思わないのは本丸や西の丸と同じだな……。加門は胸中で苦笑する。だが、それが幸い……。

　加門はじわじわと屋敷に近寄った。

　女達の声が聞こえてくる。宗武の暮らしの場に違いない。

　宗武は近衛家《このえけ》から通子《みちこ》を正室に迎えている。十三歳で京から来て江戸城に入り、十五歳のときに婚儀を挙げた正室だ。婚儀からすでに六年が経っている。が、まだ子はいない。

　加門は女達の声に耳を澄ませた。

「奥方様、お冷やをお上がりくださいませ。こう暑うてはお身体に障りまする」

　奥方の返事は聞こえず、周りの声が重なる。

「もっと強う扇《あお》ぎなされ」

「お香を焚《た》いたらどないですやろ」

「お召し物も替えまひょか」

　京訛りも聞こえてくる。

「よう冷えた瓜をお持ちしたらどないやろ」

「あれ、冷えた物は御子に障りましょう、よほど暑うなってからになさいませ」

加門の息が一瞬、止まった。

御子と言ったか……では奥方は懐妊中ということか……。

頭の中で記憶を探る。田安家のことは、西の丸ほど話題にならない。が、三年前に、奥方が懐妊したが流れたという話を聞いたことがあった。夫婦も周囲も当初の喜びが大きかっただけに、悲嘆も深く、田安屋敷は暗く沈んだという。

そうか、だからこたびは伏せていたのか……。加門は得心する。

いや、待てよ……。草を刈りながら、加門は自問する。

田安家に跡継ぎができるかもしれないのだから、さすがに上様にはお伝えしているはずだ。宗武様にしてみれば、男子が生まれれば、立場が強くなる。それを言わずにおくはずがない。そもそも上様も三人の息子がいたからこそ、将軍の座を得ることができたと聞いている。家重様も、跡継ぎの男子が生まれたことで、将軍の座を約束されたといってもいい。だとすると……。

加門の手が止まる。

そうか、だからこそ、上様は竹千代様の元服を急がれたのだ。男子が生まれれば、宗武様の将軍への執着は強まるに違いない。英明な男子であれば、将来の将軍に相応《ふさわ》しいと喧伝《けんでん》できる。家重様に対抗する大きな武器となるはずだ……。加門はそう思い立って、思わず立ち上がった。

だからこそ、よけいにお逸の方の懐妊は疎ましかったのだろう。西の丸の武器が増えると考え、消し去ろうと企んでも不思議はない。呪詛もそれを願ってのことかもしれない……。そう思うと、鎌を握る手に力がこもった。

西の丸に行って報告をしようか……そう考えたときに、女達の笑い声が立った。加門は気を落ち着けて、再びしゃがむ。慌てるな、もっと聞き出せ……。

「このようにお腹がお膨らみあそばせば、もう安心でござります」

「ええ、ええ、瓜や寒天くらい召し上がっても障りはございませんでしょう」

「そうや、それに眩雲《げんうん》様がついておられるのや、心配することなどあらへん」

眩雲様……僧侶の名か……。

「ええ、眩雲様は老中首座様が差し向けてくださったお方。都からおいでたというから、間違いはございませんでしょうとも」

老中首座……。加門の喉を唾が下りる。

「へえ、やはり都のお坊様は風格が違いますなあ」

「そういえば、もうすぐ眩雲様が見えるはず、誰か、表を見てきておくれ」

はい、という声とともに、女中の一人が出て行く。

まもなく戻って来ると、

「お見えでございます」

と、廊下で手をついた。

「では、参ろう」

「ささ、奥方様もお立ちあそばされて」

女達の声と衣擦《きぬず》れの音が重なる。

加門は屋敷に背を向けて、上体を伏せた。

背中で女達が廊下を歩く気配を読み取る。二間、離れた部屋へと入って行くのがわかった。

足音が止んでから、加門はしゃがんだまま、そっとその部屋の前に寄って行った。

廊下に別の足音が鳴った。反対側から男がやって来る。

加門は慌てて背を向けた。

宗武だ。小姓を従えて、足を踏み鳴らすように音を立てて近づいて来る。と、その足が止まった。

「なんだ、これは」

小姓を振り向いているらしい。

「虫じゃ、汚らしい、捨てろ」

「はっ、申し訳ありませぬ」

小姓の小さな足音が響く。

加門の目の端に、小さなものが落ちてきた。黒い甲虫だ。

再び宗武の足音が鳴り、それが部屋の中へと入って行くのが察せられた。

中がしんと静まりかえる。

やがて中から野太い男の声が響いてきた。続いて鉦の音が鳴り、野太い声がいっそう太くなった。

「一心祈願男子誕生、一心祈願男児誕生……」

そう声が繰り返す。

男子誕生……。加門は思わず振り返りそうになり、それを抑えた。

太い声と鉦の音が高まっていく。

呪詛ではなかったのか……。加門は耳をじっとそちらに向ける。読経のような声は、ひたすら男子誕生を繰り返すばかりだ。

加門はしゃがんだままそこを離れ、間を取ってから立ち上がった。

鎌を籠にしまい、表に移る。玄関の見える所に腰を下ろすと、草刈りをしながらそちらを伺った。

眩雲は供応でも受けているらしく、なかなか出て来ない。

しばらくしてから、やっと年嵩《としかさ》と若い二人の僧侶が外へと出て来た。年嵩の僧が眩雲に違いない。若い僧は弟子なのだろう、木箱をうやうやしく抱えて、うしろに従っている。

二人が御門を出て行くのを見て、加門もそのあとを追った。御門の門番は、籠の中を確認すると「出ろ」と顎で示しただけだった。

濠沿いの道を下りて行く眩雲らを、加門はそっと付ける。

二人は外濠を渡り、神田を抜けて進む。

足を止めたのは上野だった。建ち並ぶ小さな寺院に入って行く。

加門は質素な山門から中を覗いた。中には小さな堂と庫裏があるだけだ。堂にはまるで拾ったような板に、雑な文字で眩雲堂と書かれた額が掲げられている。

二人が庫裏に入ったのを確かめて、加門はそっと窓際に寄った。

男二人の声が聞こえてくる。笑いを含んだ声だ。金のぶつかる音は、銭を数えているらしい。

「へへ、今日は多いですね」

「ああ、御子が元気に腹を蹴ると言うて喜んでいたからな、男《お》の子であろうと、ありがたくなったのであろうよ」

「しかし、眩雲様、男の子でなかったらどうするんで」

弟子の声に眩雲の笑いが高まった。

「なに、生まれる前に江戸を出る。祈願を強めるために都に戻ると言って離れればよいわ。ぐずぐずしていると、この寺の主が戻って来るしな」

「京に上るのですか」

「まさか、次はそうさな、仙台《せんだい》にでも行くか。松平様はわしが都の出だと信じておるから、追っ手を出すならそちらに向けるはずだ」

「ならば、安心ですね」

「ああ、そもそも松平様はそこまではなさらんだろう。田安様へのお気遣いとして命じただけであろうよ。わしのところに使いに来た松平様の家臣も、真剣味はなかったであろう」

「はあ、そういえばいかにもこちらを見下したふうでしたね」

「ああ、不愉快な侍だった。だからこっちもふっかけてやったんだがな」

ははは、という高笑いが響く。

「そもそも祈禱《きとう》など気休めよ、騒ぎ立てれば恥を掻くのは相手のほうだ」

続く笑いに、加門はそっと庫裏を離れた。

狸《たぬき》に狐《きつね》、どっちもどっちか……。そうつぶやきながら、門を出る。

と、そこにやって来た町人夫婦がぶつかりそうになった。

「おっと、ごめんよ」

謝る男に加門も頭を下げる。

「いや、こっちこそ」

「あら、あんた、帰るってことは、まだ眩雲様はお戻りでないのかい」

女房の問いに、加門は庫裏を振り返った。

「いや、戻ってますよ。あっしは植木の手入れに来ただけで。ご祈禱ですかい」

籠を背負い直しながら、加門は笑顔を作る。

「ああ、そうなんだよ、ちょっと願い事があってね」

「へえ」加門は首を伸ばす。

「眩雲様のご祈禱は効くんですかい。なんでも都から来たえらいお坊さんだってえ話を聞いたんですがね」

「そうさ、って、まだあたしゃご祈禱してもらってないんだけどね。近所のおかみさんから病が治ったたって聞いて、飛んできたたってわけさ」

「病が……へえ、そりゃどんな病だったたんで」

真剣になった加門に、女房は目を見開く。

「癪《しゃく》があったんだってさ。横っ腹がきりきりと痛んで治らなかったのが、ご祈禱してもらったら治ったたっていうんだよ。聞けばそんな話がいっぱいあるっていうじゃないか、だから来てみたのさ」

「へえ、そいつはすげえや」

おそらく気のせいだろう、効くと信じ込めばけっこう効くものだ……。そう思いつつ、加門は感心して見せた。その評判を聞きつけた松平家の家臣が、祈禱を依頼したに違いない。

「じゃ、今から行って来るよ」

女房は加門の肩をぽんと叩くと、夫の袖を引いて中に入って行った。

加門は山門を見上げて、眉を寄せる。

呪詛の真相はこんなことか。だが、着替えて西の丸に報告しに行かねばな……。そううつぶやきつつ、神田へと向かって歩き出した。

四

「よいか、暑い時期に無理をしてはいかん」

将翁の声が皆の頭上を流れる。

「今、無理をすると、涼しい時期になって身体に表れるんじゃ。無理は良くも悪くもすぐに形にはならん。あとになって、効いてくるからのう。ゆえに、この先は休みを増やす。二日出たら一日休みじゃ、よいな」

はい、とうれしそうな声と不満げな声が入り交じる。加門は、うれしそうにこちらを向いた正吾に、笑みを返した。

将翁は皆を見る。

「じゃが、言うておくぞ、医学所が休みでも、家で少しは学べ。朝早くに、書を読むだけでもよいからな」

「はい」

「よし、では今日はこれまでじゃ」

師が出て行くと、加門はそのあとを追った。

「先生、お尋ねしたいことがあるのです」

「ふむ、なんじゃ」

「その、懐妊中の子のことなのです」

加門は西の丸でのことを思い出していた。

昨日のこと。

田安屋敷で見聞きしたことを報告すると、皆、複雑な面持ちになった。が、それぞれに納得の面持ちに変わった。

家重は苦々《にがにが》しげに北の丸の方角を見た。その口は、

〈懲《こ》りぬやつよ〉

と言っているのがわかった。

〈ふむ、いろいろの謎が解けたな〉

忠光は言った。

意次も頷いたが、最後にぼそりとつぶやいた。

〈祈禱などで、男子が生まれるものなのか〉

それは加門も引っかかっていたことだった。

「懐妊中の子じゃと」将翁は口を曲げる。

「ならば海応に訊くがよい」

そう言って、海応のいる薬部屋を指差した。

加門が入って行くと、海応が薬研から顔を上げた。

「聞こえたぞ、なにが知りたいんだ」

「はい」加門は横に座る。

「懐妊した際、お腹の子はいつ、男《お》の子か女《め》の子か決まるのでしょう」

「ふむ、それか……そうさな、わたしの見た限りでは、六ヶ月で流れた子はすでに男の子として身体ができておったのう。いつ、男女の別ができるのかはわからないが、胎内で動くようになる頃には、もう決まっておるじゃろうて」

海応の言葉に加門は、首を傾げる。

「子を男にしたいと、働きかけることはできるのでしょうか」

「はっはっは」海応は笑う。

「できやしまいよ。もっとも、昔から女の子を男の子に変える薬だとか、呪《まじな》いだとか、そういう人騙《ひとだま》しはあるらしいがな」

「人騙し……やはりそうですよね」

加門の苦笑に、海応はふっと真顔になる。

「まあ、騙しに乗るほうの気持ちを思うと、笑うわけにはいかんがな。当人は必死なのだろうよ」

加門も小さく頷く。

「こりゃ、加門」そこに将翁がやって来た。

「表に客が来ておるぞ、宗兵衛というお人じゃ」

「宗兵衛さんが……」

加門は海応に礼をすると、廊下に小走りに出た。

土間に立っていたのは宗兵衛と耕作だった。上がり框《かまち》に立った加門の袖を、宗兵衛が摑む。

その勢いに加門が、

「どうしました、傷でも痛むのですか」

と問うと、宗兵衛は摑んだ袖を振った。

「いや、そうじゃねくて、多吉がいなくなっちまったんで」

「多吉さんが」

土間に下りた加門に、宗兵衛が小刻みに首を振る。

「へい、ゆんべ、なにやら書いていたもんで、気になって……なにかするつもりじゃねえだろうなって、朝、訊いたら黙っちまって。そのまま気いつけて見てたんですが、昼、ちょっと目を離した隙にいなくなっちまったんでさ」

「おまけに」耕作が進み出た。

「朝飯を食ったあと、多吉のやつ急に、兄《あん》ちゃん、お父っつぁんを頼んだよ、なんて言いやがって、変だったんでさ」

二人の眉間に深い皺が寄っている。

加門の脳裏に多吉の顔が浮かび、走って行った後ろ姿が甦った。

もしや……。加門の胸ではっと弾ける。

なにかを書いていたのなら、訴状かもしれない。だとしたら、持って行く先は大目付……松波正春か……。

「お二人は宿で待っていてください」

加門はそう言い残すと、外へと飛び出した。

長い坂道を、加門は早足で上る。

松波正春の屋敷は番町《ばんちょう》にある。多吉が大目付のことを言い出したあと、加門は気になって調べてあった。

南町奉行も務めた松波は、大岡忠相とともに、『公事方御定書』の編纂にも加わっている。乗邑と石子、神尾の一派が厳罰派だとすると、忠相、松波は温情派だと噂されている。

いろいろな話を聞き集めていた多吉であるから、おそらくその辺りのことも知ったのだろう。そして、賭けてみる気になったに違いない。

加門は勾配を上りながら、多吉の気持ちをそう斟酌《しんしゃく》した。

だが、そうなれば、佐倉藩士の水原駒之助が見逃すはずがない。訴えられれば、藩主松平乗邑の面目がつぶされるのだ。そして、それを防げば、水原の手柄となる。

加門は内濠をまわり込んで、番町へと入った。

切り絵図で、松波の屋敷の位置は把握《はあく》している。が、多吉はわかっているのだろうか。商人らと親しくなったようだから、おそらく屋敷の位置も大まかには聞いているだろう。

そうか、と加門は思い当たる。先日、城の周りをまわってくると言ったのは、松波家を探す目的もあったに違いない。表札もかかっていない武家屋敷は、特定するのが困難だ。だが、だいたいの場所がわかれば、通る道は特定できる。

加門はその道へと入った。

下城した松波は、この道を通って屋敷に戻るはずだ。

ゆっくりと歩きながら、加門は辺りに目を配った。

武家の家人らしき者や商人らが、ときどき行き交う。

屋敷の塀は多くが接していて隙間がないが、ところどころに路地も見えた。加門は

その奥を覗き込みながら歩く。

その顔を、ふとうしろに向けた。

背後から、強い気配が近づいて来る。

あっと、声を殺して、加門は塀際に寄った。

水原駒之助だ。

顔を伏せた加門には気づかずに、坂を上って行く。

やはり多吉を追っていたのか、だが、見失ったらしいな……。加門はその背を見な

がら、間合いをとってあとを付ける。

水原はやはり周囲に目を配りながら、歩いている。

その足が突然、止まった。

加門も同様に止まる。

前方の四つ角から、多吉が現れたのだ。

多吉も藩士に気づき、足を止める。と、水原が走り出した。

走りながら抜刀し、

「無礼者」

と、大声で叫ぶ。

あとを走りながら、加門はそうか、と水原を見た。

無礼討ちという形を取ろうとしているのだ。周囲の屋敷の者は声だけを聞き、なにが起きたかはわからない。あとで無礼討ちだと水原が述べれば、おそらく通ってしまうだろう。

悪知恵に長《た》けたやつめ……。加門はつぶやきながら、己も抜刀する。

多吉は向かって来る水原に戦《おのの》きながら、じりじりとうしろに下がっていた。と、迫って来た水原に背を向けて、走り出す。

水原の足が速まり、多吉を追う。

加門も走る。

水原の剣が、ひらりと上に舞った。

「待て」

加門が叫びながら、追いつく。

が、一足早く、水原の剣が多吉めがけて振り下ろされた。

「わぁぁっ」

声が上がり、多吉が倒れ込む。

「やめろっ」

加門が水原の前に走り込んだ。

足を止めた水原が加門を睨《ね》めつける。

「なにやつ……」

じりりと足を踏み出しながら、その顔がはっと険しくなった。

「きさま、あのときの若造か」

砂村での立ち合いを思い出したらしく、水原は口を大きく歪めた。

「また邪魔をするか。ならば、きさまから斬る」

剣を正眼に構え、加門と向き合う。

加門も手に力を込めて、地面を踏みしめた。

やぁ、という声とともに、水原の剣が宙を斬った。

加門の剣がそれを受け、弾く。

が、相手は横に飛んで、それを躱した。

加門はじりじりと地を踏みながら、正面に移る。

その足を止めると同時に、脇を狙って斬り込んだ。

重い鋼《はがね》のぶつかる音が響き、二人が間近に睨み合った。

充血したような水原の目には、笑いのような光が揺れている。

加門が力を込めて、相手の剣を弾く。

剣を弾かれた水原はうしろに飛んだ。と、その反動を使って剣を振り上げ、頭上を狙ってきた。

身を斜めにして、加門はそれを躱す。

体勢を崩した加門は、慌てて足を踏み直した。

この男、油断はできぬ、刺客《しかく》を買って出るだけあるな……。加門は唇を結ぶと、下段の構えを取った。

半端ですますことはできない。そう腹を括って、加門は地面を蹴った。

相手も蹴る。

宙で、互いの剣がぶつかり合う。と、一度弾かれた刀を、加門は反対側にまわした。

地面を踏みしめ、ひらりと向きを変える。

加門は身を低くして、刀を小脇に構えた。

水原も腰を落として、刀を前で水平にする。
加門が地面を蹴って、相手に向かった。
水原の刀が加門の刃先を払う。
加門はその切っ先を下へとまわして、相手に向け直した。
さらに身体を下げると、加門は下から突っ込んだ。
切っ先を上げ、腕を伸ばす。
水原の刀が上から下りてくる。
その隙を縫って、切っ先が喉元に入った。
水原の剣が、加門の頭上で止まった。
加門が素早く身を躱し、剣を抜く。と、同時に、水原の喉から血が噴き出した。
息と血が混じって、噴き出す音がする。
その目が赤くなり、加門を睨む。が、一瞬ののち、下へと崩れ落ちた。
地面が赤く染まり、水原の息の音も止んだ。
静まると、背後から呻き声が伝わってきた。
振り向いた目に映ったのは、蹲《うずくま》る多吉だ。
「多吉さん」

加門は倒れ込んでいる多吉に駆け寄る。押さえた右腕から、血が流れ出ている。懐から取り出した手拭いで傷を縛ると、加門は腕をとって多吉を立たせた。周囲の屋敷から人の声や気配が立ち上がっている。まもなく、人が集まってくるはずだ。

「走りますよ」

加門は多吉の腕をとって、走り出した。

番町の坂を勢いよく下りて行く。

医学所のある大伝馬町を、加門は目指していた。

五

「こりゃまた、ばっさりとやられたのう」

将翁が多吉の傷を拭きながら、顔をしかめる。

「指は動くか」

海応が多吉に問うと、多吉はかろうじて指を動かした。が、小指はまったく動かない。

「縫いますかのう」

海応の問いに将翁が頷く。

「ああ、そなた、縫ってくれ」

「縫う」多吉が尻であとずさろうとする。

「人を縫っていいんですかい」

「ああ、いいんじゃ。斬ってすぐならなおさらじゃ、そのほうが治りが早い」

頷く将翁に続いて、海応はにっと笑う。

「ああ、わしゃ、縫うのは好きじゃけ、安心しろ」

木箱を開けると、針や糸を取り出した。

加門は身を乗り出す。

「縫うところを見せてください」

「おう、ちょうどいい、腕を押さえていてくれ」

差し出された腕をつかむと、加門は針を操る海応の手元を見つめた。

「うわああ」

痛みに声を上げる多吉の背を、将翁はさする。

「がまんせい、すぐに終わるわい」

こぼれ落ちる涙も、拭いてやっている。

縫い終わった頃には、精根尽きたように多吉は静かになった。はあ、と深い息を吐いて、ぐったりと横になる。

海応はその多吉の手を触った。

「百姓か、いい手をしちょる」

「はい」加門が答えた。

「佐倉の百姓なのです。その、いろいろとありまして……」

「ふうむ、いろいろはどうでもいいが、この腕だともう鍬や鋤は握れまいよ。手先に繋がっている腱《けん》が傷ついちょるけえ」

え、と多吉は起き上がった。

海応は頷いた。

「わしも百姓じゃったけえ、ようわかる。力仕事をするには、腕の力だけじゃなく、手の力も大事じゃけえな。握れんでは、よう働けんじゃろ」

「え、百姓」

加門と多吉の声が重なった。

「ああ、そうじゃ」海応は笑顔で頷く。

「うちは水呑み百姓じゃった。けど、わしゃ、こんまい頃から利発じゃったけえな、庄屋に見込まれて寺子屋に通わされたのよ。そこで、今度は寺の坊様に見込まれてな、医術を学べと仕込まれたんじゃ。その坊様は医者もしとったからな」

へえ、と皆の感心する顔に、海応はにこにこと笑みを返す。

「医者になったらなったでまた評判になってな、長崎や京、大坂でも学んだというわけよ。長崎では将翁先生にも会えてな、その縁で今ここにおるんじゃ」

「そんなことがあるんですかい、百姓から医者になるなんて」

多吉は腕の痛みを忘れたように、しみじみと海応を見る。

「ああ、じゃけえ、百姓がだめでも、捨て鉢になったらいかんぞ。いざとなったら、人はなんでもできるけえのう」

「ええ」加門も多吉に頷く。

「医学所にも町方や百姓の出の者がいますよ。身分は問われませんから」

「へぇぇ」

目を瞠る多吉の背中を、海応はぽんと叩く。

「まあ、治るまでここにおったらええ、のう、将翁先生」

「ああ、かまわんぞ」

頷く二人に、多吉はかしこまって頭を下げる。

「ありがとうごぜえます」

なあに、と二人は出て行った。

多吉は改めて加門を見た。

「先生、こんな迷惑をかけちまって、すまんことです」

「いや、これも成り行き。成り行きには抗《あらが》わないほうがいいのです」

微笑む加門に、多吉は眉を寄せて息を吐いた。晒しの巻かれた腕をぎこちなく動かすと、懐の中から、書状を取り出した。

「これを大目付様に渡そうと思ったんです。それができたら、もうおらは死んでもかまわねえ、と思って。けど、こんなことになっちまったら、どうなるんだか……先生も捕まっちまうんでやしょうか。そうしたら、おら、どうすればいいのか……」

「ああ、大丈夫ですよ、ちゃんと逃げて来られたじゃないですか。相手は死んでしまったことだし、わたし達のことはわかりませんよ」

「本当に……」

痛みで流した涙のあとが、うっすらと光っている。

加門は多吉の手にした書状を見つめた。

「またいつか、機が訪れるかもしれない、急《せ》いては事をし損じる、です」

はあ、と多吉はうなだれる。

加門はその肩に手を置いて、ぐっと腹に力を込めた。

「きっと、いいことだって起きますよ、待ちましょう」

「そう、ですかねえ」

多吉はうっすらと笑った。


朝の賑わいが、窓の外から伝わってくる。

加門はいつものように顔を洗い、房楊枝《ふさようじ》で歯を磨いていた。格子の窓から、行き交う人の姿が垣間見える。

神田の男衆の、張りのある声が飛び込んできた。

「聞いたか、佐倉の藩士が殺されたってえ話だぜ」

「へえ、喧嘩かい」

「いや、それが変な話なんだ。無礼者ってぇ怒鳴る声はしたんだが、道に倒れてたのはその藩士一人。無礼討ちをしようとして、返り討ちにあったんじゃねえかって、もっぱらの噂よ」

「へえ、ざまあねえな。佐倉藩ってったらあれだろ、老中首座の藩だろう」

「ああ、それよ、藩主は松平乗邑だ。だからやつに腹を立ててる誰かが、腹いせに殺したんじゃねえかって言ってるやつもいるよ」

「ああ、そりゃ、あるかもしれねえな。老中首座の野郎、米の値段を上げてから、江戸中の怨みを買ってるからな」

声は家の前を通り過ぎて行く。

もう、知れ渡っているのか……。加門は道ゆく人々を見ながら、大きく息を吸い込んだ。

「さて、では行かねばならないな」

そうつぶやくと、加門は衣服を念入りに調えた。


江戸城本丸。

中奥の雪の間で、加門はじっと座っていた。

将軍へのお目通りを願い出て、朝からずっと待ち続けている。すでに陽は中天から傾きはじめており、西日に変わろうとしている。

今日は無理かもしれないな……。そう思いつつ、耳を廊下へとそばだてる。

その耳に、足音が届いた。重く踏みしめる響きは、聞き慣れた将軍のものだ。

襖が開くと同時に、加門は深く低頭した。

ふむ、と吉宗が向かいにどっかと座る。

「宮地加門、そなたにはなにも命じておらぬはずだが」

「申し訳ありませぬ。上様にご報告せねばならぬことができましたゆえ」

「ふむ、なんだ、面を上げよ」

はっ、と上体を起こした加門に、吉宗が頷く。

「よい、申してみよ」

「はい、実は昨日、佐倉藩士水原駒之助を斬りました」

「佐倉藩士だと……どういうことか」

「はっ、しばらく前から佐倉から来た百姓を治療していたのですが、その者を斬ったのが、佐倉藩士水原で……」

加門はことの成り行きをはじめから説明する。

佐倉の百姓がやって来たのは、国許での困窮によるものだということも、聞いたとおりに伝える。加門の胸の内には、宗兵衛らの声が甦っていた。

「では、藩士はその百姓を殺そうとしたのか」

「はい、見せしめにもなる、と話していました」

むう、と吉宗の顔が歪んだ。

「さらにその藩士は、百姓の息子までを殺そうとしたのだな」

「はい、目の前で斬りつけました。なので、わたしが止めに入ったのですが、そこで……」

「斬り合いになったということか」

「はっ、さようでございます。いかなる処分も受ける覚悟でおります」

神妙な加門の顔に、吉宗はふうと息を吐く。

「無用の殺人は御法度、なれど、襲われて応戦のあげくの死であれば罪には問わぬ。そう定めておる」

「はっ、ですが相手は佐倉藩士、老中首座様の家臣でござりますれば」

「なれば、余から首座に言うておこう。百姓を亡き者にしようとした藩の側にこそ、落ち度がある」

「はっ、恐れ入りまする」

「そうさな、民の訴えを無下《むげ》に退けぬように、ついでに言っておこう」

百姓の代弁を買って出たのであろう加門の真意を察して、吉宗は目顔で頷く。

「それでよいか」

「はっ」

低頭する加門は、笑みが浮かびそうになるのをかみ殺す。

吉宗はゆっくりと立ち上がった。が、一歩を踏み出して、足を止めた。その顔を振り向けて、加門を見下ろす。

「加門、ほかにもなにか、言いたいことはあるか」

見下ろす将軍の顔を、加門は見上げる。あ、と口を開きかけて、閉じた。

吉宗は目元を弛めた。

「よい、なにかあれば言うてみよ。見聞きしたこと、知り得たこと、それを伝えるのも御庭番の役目だ」

「はい、では」加門は背筋を凛と伸ばす。

「大岡越前守様のことにて……」

「忠相の……なんだ」

「はい、表の寺社奉行の詰所ですが、奏者番でないからと、入れていただけないという話を聞き及びまして……」

加門の説明に、吉宗が面持ちを変えた。

「なんと、それは真《まこと》のことか」

「そのように聞き及んでおります」

低頭しながら、加門は吉宗の拳が握られるのを見た。

むう、という呻きが上から落ちる。

「そうか、あいわかった」

吉宗の足が廊下に向かって踏み出す。と、その顔を加門に振り向けた。

「宮地加門、大儀である」

「はっ」

低頭した加門の耳に、遠ざかってゆく将軍の足音が残った。

六

大伝馬町の医学所。

奥へ上がると、宗兵衛らの声が聞こえてきた。

「やあ、来てましたか」

部屋に入った加門に、三人が揃って礼をする。

「あのう」宗兵衛が困り顔で加門を見上げる。

「もう国に戻ろうと思ってるんですが、多吉が江戸に残ると言い出しまして……」

「え、江戸にですか」

「へい」多吉が頷く。

「鍬は持てねえと言われたし、けど、算盤《そろばん》や筆なら使えるし、おらは江戸で商いをやりてえんです」

「百姓が商いなんて……」

苦い顔を向ける耕作に、多吉は肩をすくめる。

「けど、海応先生は百姓から医者になったんだ、百姓から商人になったっておかしくはねえよ、ねえ、先生」

同意を求められて、加門は苦笑した。

「そうですね、おかしくはない。いや、多吉さんは向いているかもしれません」

あれだけの話を聞き集めたのだから、人との関わりがうまいのだろう……。

「だけども、百姓は土地を離れちゃなんねえ、と決められてるだろうが」

宗兵衛は首を振る。

逃散が増えたせいで、百姓が土地を離れることには厳しくなっている。

「いや、それならば」加門は腕を組んだ。

「江戸で斬られて死んだということにする手もありますよ」

え、と三人の目が集まる。

「ああ、いや、怪我で戻れなくなった、でもいい。藩は刺客を送ったのですから、納得するでしょう」

「そうか」耕作が手を打つ。

「それなら、咎められることはねえだろうよ。どうだ、お父っつぁん」

ううむ、と宗兵衛が首を曲げる。

「まあ、そうだな、江戸にいりゃ、仕事も見つかりそうだな。けど……」

宗兵衛は加門に向いた。

「危なくはねえですかい」

「ああ、それは大丈夫でしょう」

加門は頷く。が、まさか、将軍に顚末を話したとは言えない。

「刺客はもういないことだし、これ以上は手出しはしないはずです」

もう、多吉が襲われることはないだろう、むしろこの先、危ないのはわたしだ……。

そう考えると苦笑いが出る。

「そいじゃ、おれは残る、いいね、お父っつぁん」

多吉は目を輝かせて父の手を取る。

「しょうがねえな」

そう言いながらも、宗兵衛の顔も笑っていた。


江戸城本丸。

御庭番詰所で、加門は父と向き合っていた。

医学所の休みが増えたせいで、加門の出仕も増えている。が、御下命がなければ、さほどすることもない。

「当分、気を抜くなよ」

父の友右衛門がささやいた。佐倉の一件を聞いてから、父の機嫌は悪い。

「よけいなことをしおって」

いくども言ったそのせりふを、また繰り返した。加門は首を縮めて、

「はい、すみません」

と、頭を下げる。

そこに「ごめん」と外から声がかかった。

庭に面した戸口に旗本然とした武士が立ち、険しい表情で詰所の中を見渡していた。

「宮地加門という者はおるか」

父と顔を見合わせながらも、加門は「はい」と立ち上がった。

「そのほうか、付いて参れ」

武士がくるりと背を向けて、庭を歩き出す。

心配そうに見上げる父に目顔で頷いて、加門はそのあとに続いた。

表から中奥に続く庭を歩くと、目の先に廊下が見えてきた。

武士はそこで立ち止まり、加門に進めと顎をしゃくる。

そのまま進んで廊下の前に立つ。と、奥から一人の姿が現れた。

老中首座松平乗邑だった。

立ち止まって向きを変えると、庭の加門を見下ろした。

似た場面が前にもあった、と思いつつ加門は地面に膝をつくべく体を曲げた。

「そのようなことはよい」

乗邑の声が飛ぶ。

「儀礼など要らぬ、顔を見せよ」

折ろうとした身体を伸ばし、加門は乗邑を見上げる。

ふっと、乗邑の口元が歪んだ。

「そなたの顔を忘れるところであった」

その目尻が上がり、頬が上気する。

「こたびのこと、覚えておくぞ」

声を投げると、乗邑は踵を返した。廊下を蹴るように、奥へと戻って行く。

加門はその後ろ姿を見送って、腹に力を込めた。

半月後。

朝、家の戸を叩く音に、加門は耳をそばだてた。

誰だ、と気配を窺う加門の耳に、声が飛び込んできた。

「加門、いるか、わたしだ」

「意次か」加門が戸口に走り寄る。

「なんだ、今日は非番か」

「ああ」

意次が笑顔を見せて、上がり込む。

「竹千代様の元服式が無事にすんだぞ。家治《いえはる》様というお名を頂戴した」

「ほう、家治様か、よい名だな」

ああ、と意次は手にしていた菓子の包みを開けて頷く。

「祝いの菓子が西の丸にも殺到したのでな、持って来た」

加門もそれを手に取り、口に放り込む。甘い餡《あん》が、口中に広がった。

「それとな」意次が声を落とす。

「大岡様に聞いたのだが、大岡越前様のことだ……そら、そなた、以前に越前様が詰所に入れてもらえぬという話をしていただろう」

「ああ、なにか変わったか」

身を乗り出す加門に、意次はにっと笑った。

「やはり、そなた、なにかしたな」

「ああ」加門は顔を意次の耳に寄せる。

「実はそのこと、上様に申し上げた」

「なんだと」

意次が身をそらす。開いた目で加門を見ると、あきれたように口を開いた。

「直《じか》に言うたのか。なんという……」

「いや、なんでも言うてみよ、と仰せられたのでな、思い切って言ったのだ。で、どうなった、越前様は詰所に入れてもらえるようになったのか」

「いや、それがな……上様は新たに寺社奉行のための詰所を作らせたのだ、これまでの寺社奉行兼奏者番の詰所とは別にな。越前様はそこに詰めておられる」

「なんと、まどろっこしいことを……」

口をへの字に曲げる加門に、意次は苦笑する。

「まあな、だが考えてみれば、詰所に入れよ、と上様から命じれば、意地悪をしていた本多様の面目が潰れるであろう。その辺をお汲みになっての御判断だと思うぞ」

「なんだ、そんな面目、つぶしてしまえばよいではないか」

加門の勢いに、意次が笑い出す。

「ああ、わたしもそう思うぞ。しかし、本多家は家康公以来の徳川四天王、誇りも高いからな、上様としてもお気遣いなさったのであろうよ」

むむ、と加門は口を曲げたまま、溜息を吐く。

「なるほど、誇りか……上のお人の思惑とは面倒なものだな。軽輩にはわからん」

「まったくだ、わたしもわからん」

「そなたは旗本だ、少しはわかるだろう」

口を尖らせる加門に、意次は吹き出す。

「なんの、父が頑張ったから旗本に取り立ててもらったが、もともとの田沼家は足軽だったと聞いておる、軽輩は同じだ」

自嘲のような笑い声を放つ。

加門もつられて笑顔になった。

「そういえば、お逸の方様はお変わりないか」

「ああ、お元気だ。お幸の方様が御不興を買われた分、お逸の方様への御寵愛が深まっていてな、ご機嫌もよい」

「ほう、それはよかった」

「ああ」意次は頷いて、ふと顔を上げた。

「そういえば千秋殿は、大奥に上がるのを断ったそうだな」

「ああ」加門は伏し目になる。

「そうなのだ……周りからの反対もあってな、やめる決心が付いたらしい」

「そなたも反対したのか」

意次の笑いを含んだ声に、加門はむせそうになる。

「う……まあ、そうだな、そういうことになるな」

ははは、意次の声が朗《ほが》らかな笑いになった。

「素直になれ、千秋殿が離れるのはいやだったのであろう」

加門はぐっと喉を詰まらせた。

「素直に、か。素直に言えばまあ、そういうことだ」

加門はうつむきがちに息を落として、上目で意次を見た。

「もっと素直に言えば、そなたが妻を娶り、千秋殿まで離れてしまうと、なんというか……一人だけ取り残されるような気になってな……」

意次の笑みが消える。

「なんだ、それは」そう言いながら膝行して、加門の間近に寄った。

「妻をもらったとしても、なにが変わるわけでなし、よせよせ」

手を伸ばして加門の肩を摑む。が、その手を力なく下ろした。

「いや、そうか、わたしもそなたと千秋殿を見ていると、そういう心持ちになるな。羨《うらや》ましいというか、寂しいというか」

「なんだ」今度は加門が肩を摑む。

「千秋殿は仲間だが、一番気持ちが通じ合うのはそなただ。それは子供の頃から変わっていないぞ」

意次に笑みが戻る。

「そうか、わたしもそうだ」

向き合った二人が破顔になる。

「よし、菓子を食おう」

意次が白い饅頭を差し出すと、加門はそれを受け取る。

「おう、そうだ、あとで舟でも乗りに行こうではないか。あの佐倉の多吉さんが、今、船宿で働いているのだ」

「ほう、あの弟のほうか。人好きがするから船宿は向いていてそうだな」

「ああ、舟に乗るなら安くしてくれると言っていた」

「それはいいな、今なら屋根船か、涼しげで気持ちよさそうだな」

二人は窓から吹き込む風に顔を向けた。


二ヶ月後。

加門は家の窓際に立った。

少しだけ開けておいた窓から、北からの風が流れ込んでくる。

その窓を閉めようと手を伸ばした加門は、飛び込んできた外からの声に、逆に窓を開けた。

窓の向こうを、若い男達が歩いている。

「坊主の眩雲っていやぁ、いっとき、みんながこぞって祈禱に行っていた野郎だろう。そいつが殺されたのか」

「ああ、ゆんべ、弟子とともに殺《や》られたそうだ。ばっさりと首を斬られてな、血の海だったたって話だぜ」

「押し込みか、やつらは容赦ねえからな」

「へん、祈禱でずいぶん儲《もう》けてたってえ話だもんな、その銭を狙われたんだろうよ」

「ああ、なんでも眩雲は旅支度をしていたっていうぜ。押し込みのやつら、旅立つ前にやっちまおうと思ったんだろうよ」

「運がよくなるだの、願いが叶うだのと言ってたみてえだがよ、てめえの運がつきちまったんじゃ、ざまあねえや」

「まったくだ、祈禱なんざ、効かねえってこった」

「因果《いんが》なもんだな」

男達が離れて行く。

まさに因果応報《おうほう》か……。加門はそうつぶやきながら窓を閉める。

だが待てよ、と加門はその手を止めた。だとすると、田安家の奥方の出産が間近だということか……。

加門は外へと出て、辻に立つ。

城のほうに向いて、北の丸辺りを仰ぎ見た。


数日後。

家の戸が叩かれた。

「加門、いるか」

意次の声だ。

「おう、入れ」

戸を開けると同時に、意次が飛び込んでくる。

急ぎ足で来たらしい意次は、胡座をかいて息を整えた。

「どうした」

加門は水を汲んだ茶碗を差し出しながら、意次と向かい合う。

「おお、すまん」

水を飲み干して、意次は、はぁと息を吐いた。その顔を神妙にして、

「生まれたそうだ」

ひと言を放った。

「田安家の長子か」

身を乗り出す加門に、意次が頷く。

「ああ、女の子だそうだ」

「そうか……」

二人の顔が笑いを嚙み殺して歪む。

「ははっ」と加門が先に、顔を弛めた。

「世の中、思惑どおりにはいかない、ということだな」

「ああ、願ったとおりに事が運べば、誰も苦労はしないものな」

意次も苦笑を放つ。

加門は笑いを微笑みに変えた。

「そればかりは、身分の上下に別はないな」

「おう、そうだな」意次がぽんと膝を打つ。

「重い身分も軽い身分も、ままならないのは同じ。そう考えれば、世の中、捨てたものではないな」

「ああ、捨てるほど悪くはない」

加門が笑うと、意次もつられて笑い出した。

時代小説
二見時代小説文庫

老中《ろうじゅう》の深謀《しんぼう》 御庭番《おにわばん》の二代目《にだいめ》5

著者 氷月《ひづき》 葵《あおい》

発行所 株式会社 二見書房
東京都千代田区三崎町二-一八-一一
電話 〇三-三五一五-二三一一 [営業]
〇三-三五一五-二三一三 [編集]
振替 〇〇一七〇-四-二六三九

印刷 株式会社 堀内印刷所
製本 株式会社 村上製本所

落丁・乱丁本はお取り替えいたします。
定価は、カバーに表示してあります。

 ISBN978-4-576-17143-2
http://www.futami.co.jp/

喜安幸夫

隠居右善 江戸を走る シリーズ

人の役に立ちたいと隠居後、女鍼師に弟子入りした児島右善。悪を許せぬ元隠密廻り同心、正義の隠居！ 以下続刊

①つけ狙う女
②妖かしの娘
③騒ぎ屋始末
④女鍼師 竜尾

見倒屋鬼助事件控 完結

①朱鞘《あかさや》の大刀
②隠れ岡っ引
③濡れ衣晴らし
④百日髷《まげ》の剣客
⑤冴える木刀
⑥身代《しんだい》喰《くい》逃《に》げ屋

はぐれ同心 闇裁き 完結

①はぐれ同心 闇裁き 龍之助江戸草紙
②隠れ刃
③因果の棺桶
④老中の迷走
⑤斬り込み
⑥槍突き無宿
⑦口封じ
⑧強請《ゆすり》の代償
⑨追われ者
⑩さむらい博徒
⑪許せぬ所業
⑫最後の戦い

麻倉一矢

剣客大名 柳生俊平

シリーズ

将軍の影目付・柳生俊平は一万石大名の盟友二人と悪党どもに立ち向かう！ 実在の大名の痛快な物語

以下続刊

①剣客大名 柳生俊平 深川の誓い
②赤鬚の乱
③海賊大名
④女弁慶
⑤象《ぞう》耳《みみ》公《く》方《ぼう》
⑥御前試合
⑦将軍の秘《ひ》姫《め》

上様は用心棒

完結

①はみだし将軍
②浮かぶ城砦

かぶき平八郎荒事始

完結

①かぶき平八郎荒事始 残月二段斬り
②百万石のお墨付き

二見時代小説文庫

沖田正午

北町影同心 シリーズ

以下続刊

「江戸広しといえどこれほどの女はおるまい」北町奉行を唸らせた同心の妻・音乃。影同心として悪を斬る！

北町影同心

①閻《えん》魔《ま》の女房
②過去からの密命
③挑まれた戦い
④目《め》眩《くら》み万両
⑤もたれ攻め
⑥命の代償

殿さま商売人 完結

①べらんめえ大名
②ぶっとび大名
③運気をつかめ！
④悲願の大勝負

将棋士お香 事件帖 完結

①一万石の賭け
②娘十八人衆
③幼き真剣師

陰聞き屋 十兵衛 完結

①陰聞き屋 十兵衛
②刺客 請け負います
③往生しなはれ
④秘密にしてたもれ
⑤そいつは困った